ya
ャ文庫

君と初めて恋をする

水月青

イースト・プレス

contents

第一章

ヒンシェルウッド侯爵邸の庭で、この国の宰相であるヘンリー・ヒンシェルウッド侯爵主催のパーティーが開かれていた。

パーティーとはいっても、参加人数が三十人程度の小規模なものである。

侯爵夫人が自ら手を入れているらしい侯爵邸の庭園は、入り口の赤い薔薇《ばら》のアーチに始まり、白や黄色、赤、薄紫の色彩豊かな花々が道の左右に整然と並べられていて、その外側に小ぶりの木がずらりと並んでいる。すべてきっちりと真四角に整えられているそれらの木々が、侯爵の生真面目な性格を表していると参加者は口を揃《そろ》えて言った。

その侯爵の一人娘であるオリヴィアと友人関係にあるアイル・ビオルカーティは、参加者達のおしゃべりの様子を横目で見ながら、兄のアーヴェルと一緒にそのとおりだとうなずく。

「花の色まで揃えているのには、さすがとしか言えませんよね、お兄様」

「うん。でもこの完璧な左右対称さが、ヒンシェルウッド侯の公平性を表していると僕は思う」

「公平性ですか。宰相は常に理性的で、誰に対しても分け隔てのないお方ですからね。それは言い得て妙ですね」

なるほど、と感心の声を上げたアイルは、顎《あご》に手を当てて庭を眺めているアーヴェルを見上げた。

身内の贔屓目《ひいきめ》ではなく、彼は整った顔立ちをしているとアイルは思う。真っ直ぐな赤茶色の髪に、猫のように大きくつり上がった双眸《そうぼう》が特徴の美男子で、その上、性格は穏やかで優しい。容姿端麗で性格も良いとなれば、言い寄ってくる女性が後を絶たないはずなのだが、残念ながら彼に近寄る女性はあまりいない。

その理由のひとつに彼の身分があげられる。アーヴェルは男爵家の嫡男だった。やはり侯爵家や伯爵家のように高い爵位を持つ家の跡継ぎではないというところが、女性に不人気な要因である。しかし、それだけではない。

容姿や人間性には何の問題もないアーヴェルだが、少し体が弱いのだ。長時間外出すると熱を出し、しばらくベッドから出られない日々が続いてしまう。だから、適齢期の貴族女性たちがアーヴェルの姿を見ることは滅多になかった。

遊び歩いている貴族たちと同じように、彼もパーティーに頻繁に参加できていれば、女性たちがアーヴェルを放っておくはずがない。彼はアイルの自慢の兄なのだ。アイルは、この世で兄が一番いい男だと思っている。

「お兄様、たくさん食べて帰りましょうね」

体さえ丈夫になれば、兄は他の貴族たちに劣らない。だから、たくさん食べて元気になって欲しかった。

今日は立食パーティーであるため、料理や飲み物は、庭の各所に置かれたテーブルの上から自由にとってよいことになっている。アイルは料理を皿に山盛りにし、アーヴェルに差し出した。

アーヴェルは皿を受け取りつつも、困ったように笑う。

「こんなに食べられないよ」

「駄目です。全部食べてください。こんなに高級なお肉は、今度はいつ食べられるか分からないんですよ」

アイルは、皿の上のご馳走を凝視《ぎょうし》した。

「……本当に、こんなにいいお肉はいつ以来でしょうね……」

ビオルカーティ家は、一言で言ってしまえば『貧乏』なのである。

爵位はあれど領地はなく、没落貴族と揶揄《やゆ》されながらも父親が必死に働いて屋敷を維持している。母とアイルが内職をしてそれを助けているくらいだ。だから食事も庭に植えた野菜が中心で、肉が食べられる日はそれほど多くなかった。

そのせいで、アイルもアーヴェルも他の貴族に比べて細身だ。病的に細いわけではないが、アイルは豊満な貴族の女性たちより腰がくびれていて、余分な肉がついていない分手足は長く見える。アーヴェルは、男性にしては筋肉量が少なく線が細い。彼が女装をしても違和感はないかもしれない。

そんな状況だからアーヴェルの治療費を捻出《ねんしゅつ》するのも難しく、彼は必要最低限の治療しか受けられないでいる。

「たくさん食べればすぐに元気になれます。お兄様に足りないのは栄養です。お肉を食べましょう。食べ切れなかったら包んでもらえばいいのです。オリヴィア様ならたくさん持たせてくれますよ。とりあえず今は、お腹がいっぱいになるまで食べてください」

青白い顔をしたアーヴェルに、アイルは強い口調で言った。アーヴェルは苦笑しながらも、素直に料理に手をつける。しかし食べ始めてすぐに、僅《わず》かに眉を顰《ひそ》めてアイルを見た。

「僕のことはいいから、アイルもたくさん食べるんだよ?」

ただじっと兄の食事の様子を見つめているアイルの頭を、アーヴェルは優しく撫でた。

自分の食事のことなど忘れていたアイルは、そう言われて初めて、手近にあった料理に手を伸ばす。肉や魚ばかりを選んで口に入れた。

「おいしい？」

普段食べられない高級な料理を頬が膨《ふく》らむほど口に放り込むアイルに、アーヴェルは優しい眼差しを向けた。アイルは大きく頷き、口の中のものを葡萄酒《ぶどうしゅ》ですばやく流し込み口を開く。

「はい。栄養がありそうでとてもいいです。お兄様は？　おいしいですか？」

「おいしいよ」

訊き返すアイルに、アーヴェルは大きく頷いた。それを見て、アイルはほっと胸を撫で下ろした。見たところ確かにいつもより食が進んでいるようだ。

「それならもっと食べてください」

「そんなに急いで食べなくても、料理は逃げていかないよ。味わって食べないともったいないじゃないか」

「胃に入ってしまえばどれも同じです。栄養さえ摂《と》れればそれでいいのです」

淡々としたアイルの言葉に、なぜかアーヴェルは困ったように笑った。

正直に言ってしまうと、アイルには味の良し悪しはあまり分からない。食べ物は生きるために必要なもの、という認識しかないのだ。その考えをアーヴェルがよく思っていないことは知っている。

食事は楽しいものだとアーヴェルは言う。特に、家族や友人と一緒にとる食事が一番楽しくておいしいのだと。けれどアイルは、家族一緒の食卓を楽しいと思ったことはない。

「葡萄酒のおかわりをもらってきますね」

そう言って微笑むと、アイルはアーヴェルの傍を離れた。

兄のあんな顔をもう何度見ただろうか。アイルの言葉に寂しそうに笑うアーヴェルは、その後いつも決まって、ごめん……と小さく呟くのだ。

アイルに情緒がないのはアーヴェルのせいではない。それなのに彼は謝罪の言葉を口にする。それを聞きたくなくてつい逃げ出してしまった。ぴったりとしたドレスのせいで動きにくく、早足になることはなかったので、アーヴェルはアイルの焦燥には気づかなかっただろう。

今日のためにクローゼットの奥から出してきた一張羅《いっちょうら》は、アイルの体の線を強調するような膨らみの少ないドレスだ。紫色の光沢のある生地は太もも半ばまで体のラインに沿っていて、そこからふわりと広がっていた。大股で歩くことが許されない窮屈な作りになっている。気を抜くと女性らしい楚々《そそ》とした動きができなくなるアイルのために母が選んだそのドレスは、男性の視線を集めるためのものでもあった。

そもそもアイルが自分で何かを選ぶことは許されていない。けれど今までそのことを不満に思ったことはなく、素直に受け入れてきた。それがアイルにとっての普通である。

「アイルじゃないか」

給仕から新しい葡萄酒を受け取ろうとしたアイルに声をかけてきたのは、白地の礼服を着た青年だった。くるくるの癖毛《くせげ》は、見事な縦ロールをいくつも作り出している。彼なりに整えてきたつもりなのだろう。

アイルは青年をじっと見つめ、頭の中の人物リストと照らし合わせる。

癖毛。細い目。大きな口。そして青年にしては高い声。

「……カール様」

彼は確か、バレーヌ子爵家の嫡男《ちゃくなん》だ。

アイルが名前を呼ぶと、カールは嬉しそうに細い目をますます細めた。

「久しぶりだな。君は相変わらず男漁《あさ》りをしているのか？」

馴れ馴れしくアイルの肩を抱き、大きな声でそんなことを言うカールに、アイルは冷めた瞳を向ける。

子爵家の嫡男ということで、彼には一度だけ声をかけたことがある。しかし、この無神経さではアイルが求めているものは手に入らないと思い、すぐに離れた。彼はその時のことをまだ根に持っているらしい。

アイルは、ある目的のためにこれまで何人かの裕福な男に声をかけてきた。しかし身分の高い男性は、表では女性に優しくしているように見せ、実際は見下していることが多く、たとえば、アイルが少しでも相手の間違いを指摘すると途端に扱いが変わった。さらに大盤振る舞いをする見栄っ張りに限って財布の紐は堅いため、アイルはすぐに興味を失って彼らのもとを去っていた。

どうやってカールから離れようかと小さく溜め息を吐き、肩にのっている彼の腕を払いのけようとした時、

「クラウス様だわ」

近くにいた女性が、弾んだ声を上げた。

その名前に、周囲の女性たちが一斉に同じ方向に顔を向ける。アイルもつられてそちらを見ると、薔薇のアーチをくぐって長身の男性が悠々と歩いて来るところだった。

「クラウス様はいつ見ても素敵よね」

「容姿端麗の上、将来有望ですもの。ヒンシェルウッド侯爵もクラウス様には一目置いていらっしゃるらしいわ」

「それなら、次の宰相はクラウス様かしら」

黄色い声を上げる女性たちの会話が、聞きたくもないのに耳に入って来る。

容姿端麗と女性たちに騒がれているクラウスは、邪魔にならない程度に切り揃えられた栗色の髪の毛をさらりと揺らし、強い自信を宿した淡褐色《たんかっしょく》の瞳で会場を見回した。彼と目が合っただけで女性は恋に落ちてしまう……という噂を聞いたことがあるが、残念ながらアイルは、何度彼の奥二重《おくぶたえ》の瞳を見ても何も感じなかった。だから、噂は噂でしかないと思っている。

そして、いつもは文官、武官ともに着用を義務付けられている、黒くて地味な隊服姿である彼だが、今日は僅かに光沢のある青い礼服を着ていた。彼もこのパーティーに招待されていたのだ。

彼――クラウス・ダークベルクは、ただ顔と頭がいいだけではなく、文官へと転職する前は騎士団に所属していたらしく、剣術にも長けていると聞く。よく見ると、均整のとれた体をしているし、動きには無駄がない。剣士としても優秀なのであろう。それなのになぜ文官になったのか、アイルは知らない。

「宰相様とクラウス様は似ていらっしゃるわよね。いつも冷静で、焦っているお姿なんて見たことがないもの」

「そうね。この間、王宮主宰のパーティーで、子爵家のエリザベス様が酔ったふりをしてクラウス様にしなだれかかったのを見たけれど、クラウス様は笑顔でかわしてらしたわ」

「まあ。あの、百戦錬磨《ひゃくせんれんま》と有名なエリザベス様を？」

「ええ。彼女、とてもくやしそうな顔でハンカチを嚙《か》んで走り去って行かれたのよ。あのお姿を見たら、少し胸のすく思いがしたわ」

「さすがクラウス様だわ。エリザベス様が声をかければ、すべての男性がそのお誘いにのるという噂でしたのに……」

女性たちは、ひそひそと、けれどよくとおる声で噂話に花を咲かせている。

本当か嘘か分からない噂話を面白おかしく話すことが好きではないアイルは眉を顰めたが、その内容には興味を引かれ、彼女たちの会話に耳を傾けた。

「クラウス様は誠実な方よね。彼に泣かされた女性のお話は聞きませんもの」

「そういえばそうね。クラウス様の浮いたお話は聞いたことがありませんわよね」

「お付き合いしている方はいらっしゃるのかしら？」

「どうかしら。クラウス様が女性と二人きりで歩いている姿は見たことがないけれど
……」

「ええ、そうね。いつも騎士団長補佐のヒュー・グレイヴス様と一緒にいらっしゃるもの

ね」

「お二人はとても仲がおよろしいわよね」

「え？　それってまさか……」

「まさか。お二人は親友だとお聞きしましたわ」

「そうよね。うふふ……。ヒュー様も若くして騎士団長補佐になった方だから、クラウス様並みに話題になる方でしょう？　だからお二人が一緒にいるとつい目立ってしまうだけよね」

「そうよ。ヒュー様はこれまでもお付き合いした女性が何人かいらっしゃるもの」

クラウスとヒューの仲があやしいという話の流れになった途端、女性たちの頬が若干引き攣《つ》った。必死に否定しようとしているが、それが余計に空々《そらぞら》しく感じる。

二人の仲があやしいからといって、なぜおかしな空気になるのだろう。愛し合っているのなら性別なんて関係ないとアイルは思う。

しかしそんなアイルの考え方こそ関係ない彼女たちはわざとらしく話を逸らし始めた。

「そういえば、ヒンシェルウッド侯爵がオリヴィア様とクラウス様を結婚させたがっていると聞きましたわ。お二人を引き合わせるために、今日クラウス様を招待したらしいの」

「まあ、そうでしたの。くやしいけれど、相手がオリヴィア様なら仕方ないわよね。勝ち目がないもの」

「そうね。オリヴィア様は誰からも好かれるお方ですもの。淑《しと》やかで可愛らしくて優しくて……オリヴィア様以上に淑女らしい方はいらっしゃいませんわ」

どこから情報を得ているのか、先ほどから会話の中心になっている、噂話の好きそうな女性がそう断言すると、周りの女性たちもそうよそうよ、と口を揃えた。

彼女の言うとおり、オリヴィアは非の打ち所のない令嬢だ。いつも微笑んでいて、決してでしゃばった物言いはしない控えめな性格であり、目の前の彼女たちのように陰で人のことをどうこう言うことはない。アイルはそんなオリヴィアを好ましく思っていた。

「おい、アイル。聞いてるのかよ」

オリヴィアのことを考えて黙りこんでいたアイルに、カールが声を荒げた。

カールの存在を忘れていたアイルは、思考を中断されたのが腹立たしくて、眉を寄せて彼を睨《にら》む。

「少し黙っていていただけないでしょうか。今、考え事をしておりますの」

アイルが静かな声で告げると、カールは顔を真っ赤にして怒りをあらわにした。

「ああ？　生意気な口をきいてんじゃねぇよ、女のくせに！」

周囲の女性たちが聞いたら必ず陰口のネタになるであろう暴言を吐き、カールはアイルを突き飛ばした。

　そんなに強い力ではなかったのだが、動きにくいドレスのせいで体勢を立て直すことができず、ふらりと体が傾いた。

　このまま倒れてしまうのかと諦めて力を抜く。どうせ尻餅《しりもち》をつくだけだ。こういうことはよくあることだし、たいしたことはない。

　足掻こうともせずに後ろに倒れゆくアイルは、次の瞬間、力強い腕に体を包まれた。

「大丈夫ですか？」

　耳元で囁《ささや》くように問われた声は、甘く心地良いものだった。しっかりと体を支えてくれる腕に助けられ、足を踏ん張ったアイルが顔を上げると、声の主は素早くアイルから離れた。

「ありがとうございます」

　触れてはいけないものに触れてしまったかのようなその態度に引っかかりを感じながらも、アイルは頭を下げる。

　アイルを支えてくれたのは、いつの間にか近くに来ていたクラウスだった。彼は噂どおりの紳士だ。これまでアイルの体に触れた男性は皆、その瞳をいやらしく細めて値踏みをするような視線を向けてきたのに、彼からはそんな下心は一切感じない。

「貴女がこうして僕の胸に飛び込んできたのも何かの縁《えん》でしょう。あちらでお話でもしませんか?」

クラウスはさり気なくアイルの手を取りその体をカールから遠ざけた。そして呆然としているカールに小さく会釈《えしゃく》をして、アイルをその場から連れ出す。

唐突な彼の行動にアイルは一瞬躊躇《ちゅうちょ》したが、すぐに彼の意図に気づいた。ちらりと振り返ると、カールがくやしそうに、けれどおとなしくアイルたちを見送っている。

「クラウス様は、本物の紳士ですね」

カールから見えないところまで来て足を止め、さり気なく手を放した彼に、アイルは笑顔を向けた。

クラウスは、カールからアイルを逃がしてくれたのだ。きっと彼は、自分がアイルを連れて行くことにカールが文句を言うはずがない、という自信があったに違いない。だからあんな強引な手段に出たのだろう。クラウス・ダークベルクは相当な自信家でもあるようだ。

「揉《も》め事はよくないですからね」

女性を安心させる優しい笑顔で彼は言った。その笑顔が見事にはまっていて、アイルはじっとクラウスを見つめてしまう。

「どうしました？　私の顔に何かついていますか？」

あまりにもアイルが凝視しているからか、クラウスは視線を泳がせて頬に手を当てた。

「いえ。笑顔が……」

「笑顔が？」

もう少し近くでクラウスを見たくて、アイルが彼に一歩近づきながら呟くと、彼はそれを避けるように一歩下がって、笑顔のまま僅かに眉を寄せた。

笑顔が作り物のようです。

そう言ったら、彼は怒るだろうか。どんな時も冷静と噂されている彼が、不機嫌そうに顔を顰めるだろうか。

そんな好奇心が顔を覗かせたが、アイルは頭を振ってそれを払う。

「クラウス様は、女性の扱いがお上手ですね。必要以上に触れない紳士的な接し方は素晴らしいと思います」

思っていることと少し違う言い回しをして、アイルはにっこりと微笑んだ。するとクラウスは、再び完璧な笑みを浮かべる。

「お褒《ほ》めに預かり光栄です。女性は壊れ物だと思っていますから、触れるのにはとても気を遣うのですよ」

「壊れ物、ですか？」

予想外の言葉が彼の口から飛び出し、アイルは目を丸くする。

今まで、女性を道具扱いする男はたくさん見てきたが、壊れ物扱いする人は初めてだった。

「はい。女性は強く握ると折れてしまう花のようだと思います。特に貴女は……少しでも力を入れると壊れてしまいそうだ」

そういう彼の瞳には下心がある者に特有の熱は宿っていない。アイルを口説いているわけではなさそうだ。ということは、本気で壊れてしまうと思っているということか。

これは……笑うところだろうか。彼は真剣な顔で冗談を言ってるのか。それとも、女性を大切にする真の紳士であるがゆえに出た発言なのだろうか。どちらにしろ、そんなことを言われたのは初めてなので、アイルは戸惑っていた。

いくら栄養不足で細いとはいえ、アイルは普通の人間だ。少しくらい乱暴に扱っても折れないし、壊れたりしない。抱き締めただけでぽっきりと折れてしまったら、世の中の女性のほとんどが常に骨折状態だ。

壊れそうだなんて、女性慣れしていない男性が言うならまだしも、クラウスほど女性に不自由しない男性が言う言葉ではない。ということは、やはり紳士としての発言なのだろう。

「クラウス様は、いつも優しく包み込むように女性を抱き締めていらっしゃるのですか？」

ふふふ……とアイルが声を上げて笑うと、クラウスも同じように笑った。

「女性は守るべきものですから、乱暴に触れたりはしませんよ。男相手なら力加減の心配がなくていいんですけどね」

ふふふ……あはは……と二人の笑い声が響く。それを空々しく感じるのはアイルだけだろうか。

まるで男性を何度も抱き締めたことがあるようなその発言に、もしかするとクラウスは、本当にヒューと付き合っているのかもしれないという疑惑を抱いた。

そんな考えを胸に秘めつつも、アイルは再度お礼を言い、彼から離れた。その瞬間、彼がほっと息を吐いたのを見て、アイルは直感する。

クラウスはアイルのことが苦手なのだ。

クラウスのような男性は、きっと清楚で従順な女性を好むのだろう。だから、好みとは正反対なアイルとはあまり関わりたくないのかもしれない。ともあれ、完全無欠だと言われているクラウスにも苦手なものがあるというのは面白い発見だ。

新しい情報を仕入れて上機嫌のアイルが葡萄酒を手に戻ると、アーヴェルは先ほどよりほんの少しだけ料理が減った皿を持ったまま、屋敷のほうを見ていた。

彼の視線の先には、オリヴィアの姿がある。フリルが幾重にも重なった薄桃色のドレスを身にまとい、金色の髪を両の耳の上でまとめて花飾りを着けたその姿は、いつも以上に愛らしい。

彼女は父親であるヒンシェルウッド侯爵と一緒に挨拶《あいさつ》回りをしているようだった。侯爵の一歩後ろにたたずみ、挨拶の相手が変わる度に令嬢らしく優雅に膝を折る。その様子を見つめ、アーヴェルは微笑んだ。

彼の瞳が愛しげに緩んだのを見たアイルは、クラウスをあのまま引き止めていれば良かったと後悔した。すぐさま、別れたばかりのクラウスの姿を視線の端にとらえる。他の女性たちに囲まれ、まだオリヴィアへは距離があることを確認したアイルは、急いでアーヴェルの隣に歩み寄った。

「お兄様、オリヴィア様に挨拶をしてきてはいかがですか？」

オリヴィアを遠くから眺めているだけの兄に、そう声をかける。

突然声をかけたからか、アーヴェルは驚いたように一瞬肩を揺らす。しかしすぐに笑顔で振り向くと、そうだね、と頷いた。

「アイルは？　一緒に行かないのか？」

「はい。私は用事ができてしまいました。オリヴィア様によろしくお伝えください」

そう言ってアーヴェルを促すが、アイルが一緒に行かないということに戸惑っている様子で、困ったようにその場に留まっていた。

一緒に行ってもいいのだが、クラウスの足止めをしておきたい。男性から紳士的に助けられるという、常にない出来事に思いのほか動揺していたのか、アーヴェルの顔を見るまで、クラウスとオリヴィアの顔合わせのことが頭からすっかり抜け落ちていた。

あの女性たちの話が本当なら、クラウスはこの後オリヴィアに挨拶をしに行くのだろう。そうなったら、彼を気に入っているというヒンシェルウッド侯爵がオリヴィアとの縁談話を進めてしまうかもしれない。それは阻止したかった。

アイルは、アーヴェルがオリヴィアに惹かれていることを知っていた。昔、体の弱いアーヴェルが珍しくわがままを言って屋敷を抜け出し、アイルがそれについて行った時に、屋敷近くの花畑で偶然出会ったのがオリヴィアだった。彼女は、父親のヒンシェルウッド侯爵と野山を散策している途中ではぐれてしまい、花畑に迷い込んでしまったのだと言う。侯爵の趣味は野草の観察であるため、山に咲いている花を見にきていたらしい。

一人で寂しかったのだろう、アイルたちを見て泣き出した彼女をアーヴェルが必死に慰《なぐさ》めて、ヒンシェルウッド邸に送り届けた。

その時から、オリヴィアとアイルたち兄妹との付き合いが始まった。侯爵家と男爵家という階級の差はあれど、オリヴィアは対等な友人として接してくれている。そんな心優しい彼女を、アーヴェルはずっと想い続けているのだ。

だから、兄のためにクラウスをオリヴィアに会わせたくないと思った。クラウスは伯爵家の人間だ。次男ではあるが、彼自身が優秀なため、将来を有望視されている。病弱な男爵家の嫡男であるアーヴェルがそのままで勝てる相手ではないのだ。

「お兄様、オリヴィア様は少し疲れていらっしゃるようです。さり気なく休憩をさせてあげたらいかがですか？」

一人で行くことを躊躇《ためら》っていたアーヴェルは、その言葉に僅かに目を見開き、再びオリヴィアへ視線を向ける。彼女は穏やかに微笑んではいるが、招待客がひっきりなしに挨拶をしにくるため、その微笑みに少し翳《かげ》りが見えていた。

「本当だ。疲れているようだね」

「ええ。オリヴィア様は、お兄様が誘えば断ったりはしません。ヒンシェルウッド侯爵もきっとお兄様の気遣いを理解してくださいます。だから、オリヴィア様と二人で人気のない場所に行って少しゆっくりとしてきてください」

「アイル……」

暗に、さっさと告白でも何でもしてオリヴィアを自分のものにしろ、とアイルは言っているのである。それが分かっているのだろう、アーヴェルはほんのりと頬を紅潮させた。

「いってらっしゃいませ、お兄様。帰る時は私のことはお気になさらず、侯爵家の馬車に乗せてもらってくださいね」

アイルがアーヴェルの背を押すと、彼は小さく頷いて屋敷のほうへ向かった。

アーヴェルは純情で奥手だ。このままうまくオリヴィアを連れ出せたとしても、告白なんてできないだろうことは想像がつく。それに、体の弱いアーヴェルには、現在性行為に堪えられるほどの体力はない。だから二人きりになっても何の進展もないだろう。

けれど、オリヴィアもアーヴェルに対して少なからず好意を抱いていると感じるので、このまま他者の邪魔が入らなければ、二人がうまくいくのは時間の問題だと思う。

ヒンシェルウッド侯爵がアーヴェルを婿養子にしてくれれば万事うまくいくと思うのだが、それは現実的に考えて難しいだろう。

オリヴィアは一人娘だ。だからこそ、ヒンシェルウッド侯爵はよりよい婿をと考えるに違いない。それは、将来性のないアーヴェルではなく、クラウスのような飛び抜けて優秀な男性であるはずだ。だからこそ早急に、オリヴィアとアーヴェルの仲を強固にしておきたかった。

アイルは小さく溜め息を吐くと、自分のすべきことをするために背筋を伸ばした。給仕からグラスを二つ受け取り、人の輪からちょうど抜け出してきたクラウスに近づく。

「クラウス様」

背後から声をかけると、クラウスは体ごと振り返り、一瞬驚いた表情を見せたが、その後華やかに微笑んだ。

「アイル殿。どうかしましたか？」

先ほど別れたばかりのアイルが再び現れたことを、クラウスは怪訝《けげん》に思っているようだった。目が不思議そうに細められている。

今日まで話したこともなかったアイルの名前を彼が知っていたことに驚きを感じたが、顔には出さずに微笑む。

やはり彼は他の男性とは違う。彼の目の高さからすると大きく開いたアイルの胸元がはっきり見えるはずである。アイルはわざとその角度から見えるように近づいたのだ。けれど、彼の視線は真っ直ぐにアイルの目だけを見つめていて、ちらりとも胸にはいかない。

「先ほどはありがとうございました」

今度は更に近づいて、彼の腕に軽く手を添えてみる。しかし彼はそれを気にする様子もなく、アイルの目から視線を外さずに首を振る。

「いえ。男として当然のことをしたまでですよ」

彼が『誠実で紳士な男』というのは、本当なのかもしれない。

アイルが今まで見てきた男達は皆、アイルが近づけば腰を抱き、密着しようとしてきた。それに比べクラウスは、近過ぎず遠過ぎずの距離をきちんと保ち、必要以上に触れてきたりはしない。

彼のそんな態度は、アイルのことが苦手だからだと先程思ったが、こうしてしっかりと目を見て会話をし、彼の様子に注意を払ってみると、少し違うのかもしれないと思い直す。

アイルを見る時も他の女性を見る時も、彼からは下心というものを感じない。邪心を捨てなければならない聖職者ならば分かるが、彼は城の中枢で働いている文官だ。なぜ彼が女性をそのような目で見ないのか、その理由はアイルには分からないが、彼には何かがある。

しかしその〝何か〟がどんなものであっても、彼が誠実な男であることに変わりはないだろう。少なくとも、下半身のことばかりを考えている他の貴族とは違う。

それに彼は、人格者として有名な宰相が自分の娘の相手にと選んだ人物でもある。キレ者の宰相が認めたということは、彼自身も相当な人格者である可能性が高い。

――決めた。この人にしよう。

心の中で決断を下したアイルは、覚悟を決めてクラウスを見つめる。

「何か？」

首を傾げるクラウスに、アイルは持っていたグラスを差し出す。

「緊張をほぐすために、こちらをどうぞ」

「え？」

唐突な言葉にクラウスは眉を顰めた。アイルは彼の警戒を解くために、柔らかな笑みを作る。

「これから、オリヴィア様とお話しされるのでしょう？」

「どうしてそれを知っているのですか？」

僅かに片眉を上げて驚きを表現したクラウスに、アイルはちらりと会場を見回し、少しだけ彼に体を寄せて小声で告げる。

「会場の女性たちが噂をしていましたよ。このパーティーは、ヒンシェルウッド侯爵がオリヴィア様とクラウス様を引き合わせるために開かれたものだって」

「皆さん、情報を得るのが早いですね」

クラウスのその返事で、彼女たちの話が憶測でなかったのだと分かる。このパーティーは本当に二人のお見合いの場だったのだ。

「人の口に戸は立てられませんからね」

「本当に。知られていると分かると、途端に気恥ずかしくなるものですね」

照れたように頬をかくクラウスに、アイルは再びグラスを差し出す。

「これで緊張をほぐしてオリヴィア様に素敵な笑顔を見せてあげてください」

すると彼は、今度は素直に受け取った。

「ありがとうございます。いただきます」

軽くグラスを持ち上げると、クラウスは一気にそれを呷《あお》る。

今クラウスが飲んだのは、口当たりはいいが、アルコール度数が恐ろしく高い酒だ。アイルは母に似て酒豪《しゅごう》なため、それを飲んでもたいしたことはないが、普通の人間が飲めば一杯で十分酔いが回る。

「あれ……？」

アイルの思惑どおり、クラウスはふらりとよろめいた。

「大丈夫ですか？」

こんなに早く足もとが危うくなるとは、思った以上に彼は酒に弱いらしい。本当はもう一杯飲ませようと思っていたが、これ以上は必要ないようだ。

アイルは持っていたもう一つのグラスを素早く給仕に渡すと、クラウスの腕を摑んで、その体を支えた。

「自分が思っている以上に緊張していたのかな。酔いが……」

「静かなところで休みましょうか」

クラウスはかろうじてだが、まだ自力で歩けるようで、アイルの申し出に従い、人気《ひとけ》のないほうへと足を進める。アイルはそれを支えながら、彼に気づかれないように屋敷の出口へと誘導した。朦朧としているらしい彼はそれに気づかず、アイルに体を預けてくる。

「ごめんなさい、クラウス様」

真っ直ぐに歩けない人間、しかも男性を支えるのは容易ではない。それでも懸命に前へと進みながら、アイルは小声で謝った。

今までこんなふうに誰かを酩酊《めいてい》させたことなんてなかった。母から教えられていた男の落とし方の一つではあるが、実行に移したのは初めてなのである。

今はとにかく、クラウスをここから遠ざけることが大事だ。彼をオリヴィアと会わせてはいけない。その一心だった。

辻馬車をつかまえ、どうせならと高級宿に部屋をとり、やっとの思いでクラウスをベッドに横たわらせると、アイルは床に座り込む。

「疲れた……」

畑仕事が日課のアイルは体力には自信があった。けれど、体格の良い男性を支えて歩くのは、想像以上に重労働であった。

屈強揃《くっきょう》いの騎士と比べれば細いクラウスだが、きちんと鍛錬《たんれん》しているらしく、全身はしっかりとした筋肉に覆われていて、アーヴェルとはまったく違う体つきをしていた。筋肉は重い。アイルは彼のおかげでそのことを学習した。

「……ん……」

ベッドに大の字で横たわったクラウスが小さく唸る。見ると、整った顔が苦しそうに歪《ゆが》められていた。

首元が苦しいのかもしれない。

そう思い当たり、アイルは彼のシャツのボタンを外そうと手を伸ばす。すると、ボタンに触れる直前、突然その手を素早く掴まれた。

「クラウス様？」

起きたのかと顔を覗き込むと、次の瞬間、強い力で腕を引っ張られた。

ほんの一瞬の間の出来事に、何が起きたのか理解できずにいたアイルは瞬きも忘れて目を見開く。

気がつくと、アイルはクラウスに組み敷かれていたのだった。

❀
❀
❀

なぜだ？

なぜ俺は裸なんだ？

なぜ女性と一緒にベッドに横たわっているんだ？

クラウスは上半身を起こし、自分の置かれている状況を理解しようと忙しなく部屋の中を見回した。

自室より狭い室内には、壁際に大きめのソファーと精巧《せいこう》な細工を施された棚があり、真ん中に大きなベッドが鎮座している。そのベッドの上でクラウスは、額に手を当てて必死に記憶を呼び起こそうとした。

ヒンシェルウッド侯爵から娘のオリヴィアを紹介してもらう約束をしていて、昨日は、その顔合わせの場であるパーティーに参加した。そこで、色気むんむんのアイル・ビオルカーティと初めて言葉を交わしたのだった。

そうだ。そしてアイルから酒を渡されて、それを飲んで……。その後の記憶が曖昧《あいまい》だった。

酩酊《めいてい》して記憶をなくしたのはこれが初めてだ。いつもはこんな失敗はしない。どれだけ飲めば酔うか、自分の酒量は知っている……はずだ。それに昨日は一杯しか飲んでいない。それなのに記憶をなくすほど酔うなんて信じられなかった。

――自覚はなかったが、思った以上に緊張していたのかもしれないな……。

ヒンシェルウッド侯爵の娘であるオリヴィアに気に入られ、結婚までこぎつければ、宰相である彼の後ろ盾を得られる。失敗してはならないと気負い過ぎてしまったのかもしれない。

だからといって酒一杯で酩酊するなんて、一生の不覚である。

大きな溜め息を吐き、クラウスはちらりと視線を横にずらした。

見間違いではない。額から上しか見えないが、確かに女性が隣に寝ている。

クラウスは恐る恐るシーツを持ち上げて引き下ろし、隠れていた女性の顔を確認する。

ベッドに広がっている赤茶色の髪の毛を見て予想はしていたが、やはりその女性は、昨日パーティーで初めて話をした女性、アイル・ビオルカーティだった。

クラウスは頭を抱えた。

よりにもよって、アイル・ビオルカーティか。

彼女は美人で色気があると多くの貴族男性に人気がある。クラウスも、顔だけなら少しだけ……いや、ものすごく好みだ。けれど、彼女は裕福な男に声をかけてはすぐに捨てる、という噂の女性でもあるのだ。

透き通るような白い肌の儚げな美人。それが、クラウスが初めて彼女を見た時の印象である。

真っ直ぐな赤茶色の髪の毛はいつも綺麗に整えられていて、伏し目がちの瞳は昨日よく見てみると綺麗な青紫色だった。体は全体的に細い印象だが、出ているところは出ていて、わざとなのかその恵まれた体つきを強調するような動作をするため、男たちの目は釘付《くぎづ》けになる。

この間、王宮主催のパーティーで露骨に色仕掛けをしてきた女性とは種類が違う、本物の妖艶《ようえん》さを持っているのがアイル・ビオルカーティだ。容姿が整っている上、男を惹きつける艶《つや》がある。彼女に間近で微笑まれると、理性がどこかに吹き飛んで、無意識に手を伸ばしてしまうともっぱらの噂だった。

クラウスも昨日それを経験した。倒れそうになった彼女を支えたのは偶然だったが、無防備に体を預けてきて、その上、至近距離で顔を覗き込んできた彼女に恐れを感じ、慌てて手を離してしまったのだ。

誘うように潤《うる》む彼女の目を見ても冷静でいられたのは、意識を咄嗟《とっさ》に神殿へと飛ばして祈りを始めたからだ。その後なぜかすぐにまた彼女に声をかけられた時は、丸暗記したこの国の歴史的出来事を頭の中で繰り返していた。

男性経験が豊富そうなアイルの前で失態を演じるわけにはいかなかった。万が一彼女が、クラウスが必死に隠している例のことを見抜いてしまえば、今まで築き上げてきたものが一瞬で崩壊してしまう。

そう。クラウスには誰にも知られたくない秘密があった。この世で、親友のヒューと自分以外は知らない、深刻で重大な秘密だ。

男にとって何よりも大事な矜持《きょうじ》を守るため、クラウスは日々苦労してそれを隠し通してきた。

その秘密とは――周囲から『完璧人間』と言われているクラウスには、実は、女性経験がない。ということだ。

分かりやすく言ってしまうと、クラウスは童貞《どうてい》なのである。

もちろん、本人も好きで貞操を守っているわけではない。これには、クラウスが優秀過ぎるがゆえのやむにやまれぬ事情があるのだ。

生まれ持った容姿は誰もが絶賛するもので、勉強もできて、何事も優秀。子供の頃から取り乱すということがなく、落ち着いていて思慮深い性格と高評価だったクラウスには、言い寄ってくる女性はたくさんいた。

しかしきまって彼女たちは、クラウスならば至高の快楽を与えてくれるに違いないと過度の期待をしていたのだ。他人よりも聡《さと》い分、彼女たちのそんな気持ちが透けて見えてしまい、クラウスは尻込みをしてしまったのである。

自尊心が高過ぎるため、もし失敗して笑われたらどうしよう……と考えたら怖くなり、経験を積むどころか、初体験を済ますことさえできなかった。

娼館に行くことも考えたが、そこでもクラウスの名声は届いているらしく、目当ての娼婦がいる同僚から『クラウス様なら天国を見せてくれそう～って娼婦たちも期待していたぞ』などと言われたため、花街に足を踏み入れることもできなくなってしまった。

経験がないのにその期待にどうやって応えればいいのか分かるはずもない。期待されても困る、というのが本音だ。だから今まで、自尊心を守るためにそういう誘いは軽くあしらってきたのだ。

経験を積むためにはまず、初体験というぶち壊さなければならない厚い壁がある。だがそこを突破しなければいけないと分かっていても、経験がないという事実は誰にも知られたくない。だから初体験すらできない。そんな悪循環《あくじゅんかん》を繰り返すばかりで、どうしても恥を晒す勇気は出てこなかった。

そんな自分が、酔っていたとはいえ、アイルを抱いてしまった……らしい。

これは事後《じご》か？　事後なのか？

……俺はちゃんとできたのか？

クラウスは、何も身に着けていない自分の上半身を見下ろした。

体がベタベタするような気がするが、これはアイルの体液のせいなのか、それとも風呂に入らずに寝てしまったからなのか判断できない。同じようにシーツもベタベタしているが、寝ている間に汗をかいてしまった時もこんなふうになるので、事後だという証拠にはならない。


——そうだ。精液だ。

そう思い、下半身を確認するためにシーツを持ち上げる。

あ——……

クラウスはそっとシーツをもとに戻した。健康的な青年の証が元気に主張しているのを見てしまったのだ。

朝だからな。うんうん。そうだ。これはただの生理現象だ。

こんなふうになっているのは、アイルの顔を確認した時に、ちらりと見えてしまった胸元のせいではない。たとえ初めて女性の乳房を見たからと言って、それでこんなに勢いよく反応するわけはないではないか。

——それにしても、女性の裸体というのは想像以上に綺麗なのだな。男とはまったく違う。

いやいや、駄目だ駄目だ。思い出すな！

きめ細かな肌が……

待て待て、思い出したら理性がまずい！

心の中でエロスな自分となけなしの理性が必死に戦っている。

クラウスは常に冷静沈着な男だと、国一番の賢者と言われる宰相からお墨付きをいただいているのだ。それなのに、こんなことで取り乱してどうする。

クラウスは大きく深呼吸をすると、頭からアイルを排除するよう努めた。

大丈夫だ、落ち着け。

きっと自分は冷静に事を進められたはずだ。うまくいったんだ。そう思おう。

経験がなくとも、必死に勉強したじゃないか。俺の知識は完璧なはずだ。そうだ。知識だけなら胸を張れる。ただ経験値が足りないだけだ。自分で言うのも何だが、俺は器用だ。

あれだけ脳内演習をしたのだから、そのとおりに実践できたはずだ。

そうだそうだ。今まで何事もそつなくこなしてきたじゃないか。性行為なんて、そんなに恐れることではなかったんだ。落ち着いて挑めば、案外何の支障もなくできてしまうものだったんだ。

思い出そうとしてもまったく思い出せないが、この状況を考えれば、クラウスはアイルに手を出してしまったに違いない。彼女の色気を前に必死に平静を装っていたが、酔って理性がどこかにぶっ飛んでしまった、と考えるのが妥当だろう。

けれど――

クラウスはいまいち釈然《しゃくぜん》としなかった。

アイル・ビオルカーティという女性をクラウスは苦手としていた。

強い風でも吹けば飛ばされてしまいそうなほどに彼女の体は細い。きつく抱き締めると折れてしまいそうなのだ。

以前は騎士団に所属していて剣術でも名をはせたクラウスは、常人に比べれば力があるし、いざという時は人の急所を折ることも辞さない。端的に言えば、人の骨など簡単に折ることができるのだ。女性と抱き合ったことがないために力の加減が分からないクラウスは、何があっても彼女にだけは手を触れないでおこうと思っていた。

それなのに、酔っていたとはいえ、細過ぎて触れれば壊してしまいそうだと恐れていた彼女に、こうもあっさりと手を出してしまうものなのだろうか？

——まさか、すでにどこかの骨を折ってしまったなんてことはないだろうな？

急に不安になったクラウスは、再びアイルに視線を戻した。

彼女はクラウスが起きていることにまったく気づいていない様子で、規則正しい寝息を立てている。もしどこか怪我をしていれば、こんなにも穏やかな表情ではないだろうし、近くで人の気配がすればすぐに目を覚ますだろう。

ほっと胸を撫で下ろし、クラウスは、あどけない顔で眠り続けるアイルを見つめた。

こうして改めて近くで見てみても、やはり美人だ。シミ一つない張りのある白い肌、物憂げな青紫色の瞳は今は閉ざされていて、髪と同じ赤茶色の長い睫毛《まつげ》が呼吸に合わせて微かに揺れている。僅かに開いた唇は、赤く艶やかだ。

そういえば、昨日彼女と一緒にパーティー会場に来ていた兄のアーヴェルも、同じような容姿をしていたことを思い出した。男にしては細身で、一つひとつの動作にそこはかとない色気が漂う美青年である。

噂によると彼は病弱らしく、あまり公の場に出て来ることはない。しかしひとたび姿を現せば、女性たちは遠巻きに彼を見つめて恍惚《こうこつ》の溜め息を吐き出すのだ。けれど、気だるげで近寄りがたい雰囲気のあるアーヴェルに秋波《しゅうは》を送る強者《つわもの》はいない。彼の傍にはいつもアイルがいるため、彼女と比べられることを恐れる女性たちは近づくことができないらしかった。

兄妹二人並ぶと、一枚の絵画のようである。立っているだけで絵になる人物はそうそういるものではない。クラウスも容姿を称賛されることがあるが、彼らのような、安易に触れてはならないと感じるほどの神秘的な美貌《びぼう》を持っているわけではない。

クラウスは昨日、自分と別れた後に兄のもとへと向かうアイルをこっそりと目で追っていた。二人が並んだ時、その姿が一対の芸術品のように見えて、なぜか少しだけ胸が苦しくなったのを覚えている。

アイルは、アーヴェルの前では表情が柔らかなくなる。クラウスと話していた時は完璧な作り笑いだったが、兄の前では本物の笑顔になるのだ。

——くやしくなんてないけどな。

まるで自分がアーヴェルにやきもちを焼いているような思考を、クラウスは慌てて頭から振り払う。そして、あらわになっているアイルの肩を自分の視線から隠すようにシーツを引き上げた。

先ほどから彼女の唇から目が離せないでいる自分が恐ろしかった。そこに触れたくてたまらないと思ってしまっている。

キスは、したのだろうか？

この唇に、首筋に、胸に、腹に、太ももに、そして――

――駄目だ。思考がおかしい。少し頭を冷やそう。

クラウスは髪の毛をかき乱しながらベッドから降りる。

すると、床に散らかっている服が目に入った。自分の服とアイルのドレスが、投げ捨てられたかのように乱雑に散らばっている。

几帳面なクラウスは服を脱ぎ散らかしたりはしない。それなのにこんなふうに床に落ちているということは、理性がなくなった自分は、野獣のように乱暴に服を剝《は》ぎ取り、アイルを襲ったということだろうか。

「野獣……か」

今までどんなことも冷静に対処してきた自分がそんなみっともない真似をしたのかと思うと、昨夜あったことをすべてアイルの記憶から消してしまいたくなる。

穴があったら頭から入ってそのまま自分を埋めたいと思い、クラウスは拾い上げた服に顔を埋めた。その時、

「……ん……」

吐息まじりの声が聞こえ、服に顔を埋めた姿勢のまま硬直する。

横目でちらりとアイルを窺《うかが》うと、赤茶色の睫毛が震え、ゆっくりと瞼《まぶた》が持ち上がるところだった。

クラウスは慌てて服を投げ捨てると、ベッドに滑り込んで横になり、必死に平静を装う。頭の中では、情事後の朝はどうするべきか、という本の内容を復唱していた。

「おはよう」

ぼんやりとクラウスを見つめるアイルに、クラウスはふわりと優しく微笑んでみせた。

心の中はひどく動揺している。しかし幸い顔には出ていないと確信していた。こんなふうに心の内を隠すことができるのは、周りの期待に応えるために、自分の見た目を常に意識し続けた努力のたまものである。

「体は大丈夫？」

クラウスの言葉に、アイルはきょとんとした。なぜそんなことを訊かれるのか分かっていない様子だ。寝ぼけているのか、まだ状況が把握できていないらしく、彼女はむくりと上半身を起こした。

「……っ！」

クラウスは慌ててシーツを引っ張り、あらわになったアイルの上半身に押しつける。

——アイルの胸の大きさは、コルセットで寄せて上げたものではなく、本物だった。見えたのは一瞬だったが、はっきりと目に焼き付けてしまった。

そこに視線がいってしまうのは仕方がないことだろう。必死に理性をかき集めて紳士を装ってはいるが、クラウスにだって人並みに性欲はあるのだ。

「ありがとう、ございます」

自分が何も着ていないことにやっと気づいたらしいアイルは、クラウスの行動に戸惑いながらも、シーツで胸元を隠しながらぺこりと頭を下げた。

寝起きでやや掠れた声がやけに艶っぽいと感じてしまうのは、理性が本能に負けてしまいそうになっているからなのか。

平常心だ。これは修行だと思え。煩悩《ぼんのう》を振り払え、クラウス！

自分を律しながら、クラウスは眠そうに目を擦っているアイルを見る。あまり化粧をしていないのか、アイルは何の躊躇もなく瞼《まぶた》を擦っていた。

同僚の話では、ベッドをともにした女性の起きぬけの顔は見て見ぬふりをしろ、ということだった。化粧が崩れ、とても見れたものではないらしい。

けれどアイルは、昨日と何も変わっていないように見える。頬は滑らかそうだし、目元も黒くはなっていない。違うところと言えば、仕草が猫のようで可愛らしい、というところだろうか。

凛とした印象のアイルが子供のように目を擦っている。それがなんだか不思議で、胸が騒ぐような、変な気分だった。アイルに対して、〝綺麗〟ではなく〝可愛い〟と思うのは初めてだったので、そう思ってしまった自分に戸惑っているのかもしれない。

――ん？

クラウスは、目元を擦っているアイルの指が僅かに濡れていることに気づいた。

――まさか、泣いているのか？　眠くて擦っているのではなく、涙が溢れてきたから擦っていたのか？

今まで女性に目の前で泣かれたことがないクラウスは、気が動転してしまった。

彼女が泣く理由は、一つしか思いつかない。

クラウスは慌ててアイルの肩を摑んだ。

「アイル殿。……こうなった責任は取る」

「え……？」

アイルは顔を上げてクラウスを見る。その瞳はたしかに潤んでいた。

やはり泣いていたのだ。それに気づいたら、言わずにはいられなかった。

「俺が無理やり君を襲ってしまったのだろう？　その責任は取らせてくれ」

真っ直ぐに視線を合わせてそう言うと、アイルは何度も瞬きを繰り返し、一度視線を落としてから恐る恐るというふうに口を開いた。

「それは……私と結婚してくださるということですか？」

窺うように見上げてくるアイルに、クラウスは即答ができなかった。

「いや……それは……」

そうか。責任を取るということは、結婚するということか。

そこまで考えていなかったため、思わず躊躇《ちゅうちょ》してしまった。

クラウスには野望がある。周りの期待に応えて、誰よりも早く高位高官になることだ。最終的には宰相までのぼりつめたいと思っている。

この国は実力で役職を決める制度があるが、そうは言ってもやはり、高官になるためには後ろ盾が必要なのだ。

有力な伯爵家の次男であるクラウスは、他の貴族に比べればそこそこ恵まれた出自と言っていいだろう。けれど宰相になるためには、発言力のある人間の後押しが必要である。だからまず現宰相に気に入られるよう努め、その結果、見事に娘のオリヴィアとの結婚を望まれるまでに信頼を得た。まずは顔合わせからということで、昨日のパーティーに誘われたのだ。

けれど結局、クラウスはオリヴィアと話をすることも、宰相に挨拶をすることもできなかった。不可抗力だったとしても、場を設けてくれた宰相の顔に泥を塗ったことになる。今日中に謝りに行かなければならないだろう。なんとかもう一度オリヴィアとの繋ぎをつけてもらえればよいが……。

そんな野望があるため、アイルと結婚する、とすぐには言えなかった。

アイルは男爵家の人間だ。クラウスがアイルと結婚をしても何の得にもならない。

けれど――

もしここで、一夜限りの関係だと言ってアイルを切り捨ててしまえば、クラウスは最低な人間に成り果てるだろう。

アイルのことは嫌いではない。むしろ、とても好みだ。

たとえ彼女が今まで数々の浮き名を流してきたとしても、クラウスと結婚すればそれはなくなるだろう。なぜならば、総合的に見て自分以上の男なんて他にいないからだ。クラウスはそう自負していた。

だが男として、そう簡単に野望を捨てることはできない。次男であるがゆえに伯爵家を継ぐことができないクラウスは、それなら自分の実力だけでのし上がってやると決めている。

アイルか、野望か。

クラウスが悶々と悩んでいると、突然、アイルが猫のような瞳を細めて微笑んだ。

「下手《へた》でした」

可愛らしいと思っていた無防備な表情が、微笑むと同時に妖艶に変わった。と思ったら、彼女の口からさらりと放たれたその言葉に、クラウスは動きを止める。

「え？」

何を言われたのか分からなかった。いや、分かっていても、理解したくなかっただけかもしれない。

するとアイルは、再び同じ言葉をクラウスに投げつける。

「クラウス様、下手くそでしたよ」

二度も言われてしまえば、素直に受け止めるしかない。クラウスは平静を装うのも忘れ、愕然《がくぜん》と目を見開いた。

死刑宣告をされた気分だった。

クラウスの自尊心は地に落とされズタズタに切り裂かれた。それはもう細切れに。

下手くそ。

アイルはそう言ったのだ。

完璧人間である自分が、下手くそ。

そんなはずはない。その手の本は熟読して、手順も頭に叩き込んでいる。少しくらいぎこちなくても、女性の反応を確認することなく突っ走って前戯《ぜんぎ》をおろそかにしたりはしない。そんな自信があった。

それなのに、下手くそ。

——ああ、どうしよう。立ち直れる気がしない。

クラウスはベッドに手をつき、がっくりと項垂《うなだ》れた。

それは、今まで順風満帆《じゅんぷうまんぱん》に生きてきたクラウスが初めて味わう屈辱だった。

クラウス・ダークベルクという人間のすべてを否定されたようなものだ。

覚えてもいない初体験が人生で初めての汚点となるのか。

たった一度の過《あやま》ちで、今までの努力が水の泡になった。そういう人間は何人か見てきたが、まさか自分がそんな愚かなことをするとは思わなかった。

なぜ、経験豊富と言われているアイルに手を出してしまったのだろう。彼女が相手でなければ、こんな屈辱的な言葉で傷つけられることはなかったはずだ。

相手が悪かったのだと自分に言い聞かせても、どん底まで落ち込んだ気分は少しも浮上しない。

「このままでは、クラウス様の沽券《こけん》に関わります」

もはやベッドに倒れこみそうになっているクラウスに、アイルがそっと囁いた。

そうだ。沽券に関わる。俺は完璧なはずなんだ。下手くそなわけがない。

「クラウス様……」

アイルのひんやりとした手が、クラウスの肩に置かれる。彼女はクラウスの耳に顔を近づけると、艶やかな声で言った。

「責任を持って、私が練習相手になってさしあげますよ」

それは、悪魔の囁きか、天使の囁きか。

クラウスは、ゆっくりと顔を上げてアイルを見た。

第二章

ダークベルク伯爵の別邸《べってい》。仕事場である城に近いという理由から、クラウスが家族から離れて暮らしているその屋敷にアイルは来ていた。

笑顔で迎え入れてくれたクラウスに、アイルは心の中で謝罪をする。

本当はあの夜、二人の間には何もなかった。

クラウスに押し倒されはしたものの、彼はそのままアイルに向かって嘔吐《おうと》してきたのである。幸い彼は料理を食べていなかったらしく、出てきたのはアルコールだけだったので、アイルは酒まみれになっただけで済んだ。

ただ、そのままでは気持ちが悪かったので、ドレスを脱ぎ捨ててお風呂に入った。そして化粧を落としてすっきりしたのはいいけれど、着替えるものがなかったので裸のままベッドにもぐり込んだ。すると、クラウスも服が酒臭くなっているのに気づいたので脱がそうとした。その時、突然クラウスがむくりと起き上がり、自分で服を脱ぎ出したのだ。

いきなりの行動にアイルが驚いていると、彼はすべての服を脱いでベッドの脇にそれを放り、

「童貞の何が悪い！」

と叫んでまたすぐに横になって眠り込んでしまった。

アイルは首を傾げ、その発言を反芻《はんすう》した。

クラウス様が童貞？

本当かどうかは分からない。本当だとしたらそれはとても意外な事実ではあったが、それが悪いとは思わなかった。女性経験がないからと言って、クラウスの優秀さは変わらないではないか。そんなことよりも、彼の夢の内容のほうが気になってしまった。

どんな夢を見ているると、あんな寝言を叫ぶ事態になるのだろうか？

それが気になって仕方がなかったが、襲ってくる睡魔には敵わない。アイルはクラウスの隣に体を横たえ、自らも眠りについた。

そして翌朝。目覚めたアイルにクラウスは『責任を取る』と言った。彼は勘違いをしていると知っていたが、アイルは敢えて『結婚してくれるのか』と訊いたのだ。

クラウスと結婚できればいいと思った。

アイルは、とある目的のためにどうしてもクラウスを手に入れたかった。

けれど彼は返事を躊躇した。だからつい口をついて出てしまったのだ。

『下手くそでした』

その言葉でクラウスを落ち込ませてしまったことを後悔している。

クラウスのような完璧人間にとっては、アイルが想像しているよりもずっと屈辱的な言葉だっただろう。本当に申し訳ないことをしたと思っている。

けれどあの時、彼はアイルと結婚したくないのだ、とそう思ったら、意地悪心が抑え切れなくなった。誰だって、たいして話したこともない人間にそんなことを言われても戸惑うだけなのは分かっている。けれど、あんなに露骨に困った顔をされたら面白くないではないか。

でもあれで、クラウスがその場限りの嘘を吐くような男ではないということが分かった。

やはり彼なら……と思った。

だからクラウスに近づく理由が欲しかった。そして思いついたのが、練習相手になると申し出ることだった。

男としての自尊心をひどく傷つけてしまったので、簡単に頷いてくれるとは思っていなかった。けれどクラウスは思いのほかあっさり受け入れた。とは言っても、

「君に俺のことを分かってもらういい機会だね。他の男よりずっと良いと言ってもらえる

ように頑張るよ」

と、変に前向きな言い方をされたが……。

それからクラウスに次はダークベルクの別邸に来るように言われ、今日、アイルはこうして訪問したのである。

別邸とは言っても、男爵家の三倍はありそうな広い敷地に、男爵家の二倍はありそうな大きな屋敷が建っている。

廊下に飾ってある絵画や彫像は、もし壊したら弁償はできないだろうと思われるものばかりで、クラウスの部屋の調度品も一見飾り気のない品々に見えるが、よく見ると作りがしっかりとしていて、複雑な細工が施されていた。

窓から見える庭も広く、畑として活用されている男爵家の庭とは比べ物にはならないほどに綺麗に整備されている。

「お庭が綺麗ですね」

窓から見える景色を存分に楽しんだアイルは、ソファーに座って紅茶を飲んでいるクラウスを振り返った。

クラウスは、窓から差し込む光があたるのか、眩しそうに目を細め、長い足をゆっくりと組み替えた。

「優秀な庭師がいてね。手を抜かずに世話をしてくれているから、いつも綺麗な景色を見ることができるんだ。彼はとても仕事熱心だから、ありがたいと思っているよ」

にっこりと微笑むその姿は、女性たちが黄色い声を上げるのも納得してしまうほどに様《さま》になっている。それに、自分の裕福さを自慢するのではなく使用人を褒めた。

なるほど、噂どおりの〝いい男〟だ。アイルは小さくうなずくと、クラウスの隣に腰を下ろし、改めて室内を見回す。

「こんなに広いお屋敷ですもの、使用人の方たちもたくさんいらっしゃるのでしょうね」

「多くはないよ。この屋敷では一人でゆっくり寛《くつろ》ぎたいと思っているから、あまり人を雇わないようにしているんだ」

それは意外だった。彼はたくさんの使用人に世話をされて、何不自由なく生活していると思っていた。

裕福な貴族というのはそれが当たり前だと思っていたし、今まで会った貴族らもそう言っていたのに、クラウスはそうではなかった。

アイルの中で、クラウスへの好感度が上がる。

しかし、それを聞いて彼の意図にも気づいてしまった。

クラウスはきっと、アイルとの秘め事を誰にも知られたくないのだ。アイルと親しくしていることを知られたくないから、人の少ないこの屋敷に来いと言ったのだろう。連れ込み宿や高級宿だと誰と鉢合わせするか分からない。そんな危険はおかしたくないに違いない。

もちろんアイルもいろいろと気を遣っている。ここに来る時も、アイルだと分からないように露出を控えたドレスを着て、つばの広い帽子を深く被り、クラウスの名に傷をつけない配慮はしていた。

アイルは自分が周りに何と言われているかよく分かっている。

今まで自分が振ってきた男たちが、その腹いせにアイルのことを悪く言っているのは知っていたし、容姿のせいで百戦錬磨と言われているのも理解している。そしてそんな百戦錬磨なアイルだからこそ、クラウスはアイルの申し出を受け入れたのだ。

クラウスには偉そうに練習相手になると言ってしまったが、実際には上手に教えられる自信はない。けれどアイルには母直伝の『男性を篭絡《ろうらく》するための手引書』があった。それと、自慢にもならないが、表情の変化のなさが役に立つだろう。

アイルは昔から、動揺が顔に出ることはなかった。と言うよりも、感情が表情に出てしまうとアーヴェルが心配するので、なるべく出さないようにと努めていたらそうなってしまった、と言ったほうが正しいかもしれない。

体の弱いアーヴェルは、幼い頃はほとんどベッドから出られなかった。父母は生活費を稼ぐのに忙しく、彼の世話をするのはアイルの役目だった。

アーヴェルは、自分が健康でないために家族に負担がかかっているという負い目があったらしく、よくアイルに、

「僕のことはいいから、外で遊んできて、アイル。そして外のことをいっぱい話してくれたら嬉しいな」

と言った。けれどアイルは、彼の言うとおりにすることはできなかった。

アーヴェルを放ってどこかへ出かければ母に叱られる。それに、アイルはアーヴェルのために生まれてきたのだ。彼の面倒を見るのは当たり前のことなのである。

アイルの気持ちが分かっていたのか、アーヴェルは強制はしなかった。ただ悲しそうに微笑み、小さく謝罪の言葉を口にするのだ。

そんなアーヴェルになるべく穏やかな気持ちで過ごしてもらいたいと思ったアイルは、母に叱られた時も、近所の子供に気取った態度が生意気だといじめられた時も、彼の前では必ず笑うようにしていた。負の感情は気取られないように細心の注意を払ってきたのだ。

だからだろう、感情を隠すのがうまくなってしまった。

「それなら、誰かに声を聞かれることはありませんね」

アイルは気恥ずかしさを隠し、妖艶に見えるように微笑んでみせる。するとクラウスは、笑みを消してアイルを見下ろした。

「アイル殿……本当にいいのかな？」

「私のことは、アイルとお呼びください」

迷っている様子のクラウスと距離を縮め、アイルはその形のいい耳に囁いた。クラウスの肩がぴくりと揺れ、頬に僅かな朱が走る。

クラウスも緊張しているのだろうか。

そう思ってクラウスの顔を見ようと首を傾けると、彼は両手を広げてふわりとアイルを抱き締めた。

「アイル……俺のことも、クラウスと呼んでくれ」

そう言われても、アイルはクラウスのことを呼び捨てにする気はなかった。しかしクラウスはさっそくアイルを呼び捨てにして、赤茶色の髪の毛にキスを落とす。

さすが、女性の憧れの的である男だ。一連の行動は流れるように自然だった。性行為の経験はないとしても、こういう触れ合いは慣れているのかもしれない。

感心していると、クラウスは体を離して顔を覗き込んできた。目が合うと、淡褐色の瞳が僅かに揺れる。

「……アイル」

囁くように名を呼ぶと、クラウスはアイルの肩に両手をのせ、ゆっくりと顔を近づけてきた。

「駄目です」

アイルは、間近に迫るクラウスの整った顔から逃げるように上体を反らす。すると彼は動きを止め、訝《いぶか》しげに眉を顰めた。

「何が駄目なんだ？」

「いきなりキスをするのは性急過ぎます。まずは雰囲気作りから始めましょう」

アイルはクラウスの腕の中からするりと抜け出し、彼の手を取った。大きくて骨ばっていて男らしいが、綺麗に手入れされている爪を見れば、やはり彼は身だしなみに気をつけている紳士なのだと分かる。

「触れ合いは唇からではなく、手や腕からです」

そう言ってクラウスの手を握ると、彼は僅かに目を見開いた。

「手を繋ぐことから始める気なのか？」

「性急に事を進めたら、女性は心の準備ができません。まさか、いつもすぐにキスを？」

別に責める気はないのだが、彼は気まずそうに目を逸らした。しかしそれは一瞬のことで、すぐに得意げな表情になって微笑んだ。

「皆、それがいいと言ってくれるんだよ。求められていると思えるから、とね」

アイルの知る限り、貴族の女性は男性と同じくらいに経験豊富である。性技を磨くのも未来の夫のためだという風潮があるのだ。処女は面倒くさいから毛嫌いされるらしく、なるべく早い年齢での破瓜《はか》を求められる。

だから、女性たちがクラウスに強引さを求めるのは当然なのだ。彼女たちにしてみれば、手を繋ぐ行為など馬鹿馬鹿しいことに違いない。

けれどアイルはアイルのやり方で攻めるつもりだった。

母が言っていたのだ。男は焦らせば焦らすほどに関心を向けてくるのだと。アイルはクラウスに関心を持ってもらわなければならないのだ。

それゆえに、アイルは少しだけ冷たい態度をとる。

「クラウス様、それが下手な原因の一つです。急ぎ過ぎですよ」

「……そうか」

アイルの言葉に、クラウスの笑みが歪んだ。少しきつく言い過ぎたようだ。

失敗した、と焦ったアイルが、今度は優しい言葉をかけようと口を開きかけると、瞬時に立ち直ったらしいクラウスがアイルの顎をするりと撫でて言った。

「俺の雰囲気作りは、君には刺激が強かったかな。まず手を繋ぎたいなんて、アイルは意外と乙女なんだね」

……もっときつく言うべきだった。

クラウスの前向き過ぎる言動に、アイルは呆れを通り越して感心の気持ちすら覚える。何を言っても彼は自分のいいように解釈するらしい。

結局その日は、手を繋いで軽く抱擁《ほうよう》を交わすだけで終わった。

ともあれやはりクラウスは紳士だ。他の男性ならば確実にそれだけでは終わらないだろう。

アイルは、どうやってこの紳士を骨抜きにするか計画を練りながら帰路についた。

❀　❀　❀

宰相の執務室へ書類を届けた後、クラウスは騎士団の鍛錬場へと足を向けた。

城から少し離れたところにある鍛錬場は、剣や弓、槍《やり》など、各自が得意とする武器の鍛錬を行う場所であるため、男の掛け声ばかりが飛び交う汗臭い空間である。

たくさんの侍女が行き交い、空気が爽《さわ》やかで華やかな城内とはまるで違う。

だからここに近づきたいと思う文官はあまりいない。特に、むさくるしい騎士たちが鍛錬中の時間帯は、寄り付く者は皆無と言っても過言ではなかった。

以前騎士団に所属していたクラウスでも、あまり近づきたくないと思う場所だ。

それなのにわざわざこの場所にやって来たのは、いつもあちこちを飛び回って居場所を特定することができない親友を確実につかまえるためだ。

「ヒュー！」

ちょうど鍛錬場の入り口付近で若い騎士たちと話をしていた親友を見つけたクラウスは、声を張り上げて彼を呼んだ。

すぐにクラウスに気がついたヒューは、意外そうな顔をする。

「おう、クラウス」

短い褐色の髪をガシガシとかきながら近づいて来たヒュー・グレイヴスは、クラウスより一つ年上の二十一歳だ。その若さで騎士団長補佐という役職に就いている実力派の彼は、クラウスよりも筋肉質である。

「どうしたんだ？」

「少し……話があってな。もう今日の鍛錬は終わりだろう？」

怪訝な顔をするヒューを鍛錬場の外に連れ出して、クラウスはおもむろに口を開いた。

「最近どうだ？」

「どうって何がだ？」

ヒューが首を傾げるのも無理はない。唐突にどうだと訊かれても答えようがないだろう。

クラウスは壁に背を預けながら、歯切れ悪く尋ねる。

「ほら、お前の彼女……メイリーだったか。彼女とはその……仲良くやっているのか？」

「この間別れた」

あっさりと即答され、クラウスは思わずヒューを見た。

「別れた？　お前、その娘と泊まりでデートしたと自慢していたじゃないか」

「あー、まあ、そうだったな。でもあの後、無神経だと言われて振られたんだ」

そう言って笑うヒューは、まったく落ち込んでいないように見えた。彼が振られるのはこれで何度目だろうか。

「無神経って……お前、何をやったんだ？」

「メイリーが言うには、即物的過ぎるんだと。甘い言葉も雰囲気もなく行為に及ぶのは最低らしい」

「……そうか」

昨日アイルに同じようなことを言われたクラウスは、俯《うつむ》いて相槌《あいづち》を打つ。

「それと、ベッドに入った途端に野獣のようになるのは嫌だと言われた」

「……野獣……」

もしかしたら自分も、あの日アイルのことを野獣のような乱暴さで抱いたかもしれない。

それを思い出し、クラウスは顔を上げることができなくなった。

アイルに下手くそと言われたのは、手順を重視する理性が酒のせいでどこかに飛んでいってしまい、本能のみで行為に及んだからなのかもしれない。

……そうか。そうだったのか。俺はヒューのように即物的にアイルを抱いてしまったのか。だから下手くそだと貶《けな》されたんだな。

覚えてはいないし認めたくはないが、クラウスには粗野《そや》な部分があったらしい。こんなに優雅で紳士として完璧な自分の中に、ヒューと同じ性質が眠っていたなんて考えたくなかった。

もしそうだとしても、自他ともにガサツだと認めるヒューが言われたのと同じことを女性に指摘されるなんて、クラウスとしては非常に不本意だった。

――でも、そうか。酒のせいとはいえ、俺はヒューと同じようなことをアイルにしたのか……。

そう思ったら、それ以上ヒューに何か訊く気にはなれなかった。

どうしたらアイルに、「素晴らしいです、クラウス様」と言ってもらえるか考えた末、ヒューに助言を求めようと思ったのだ。

経験豊富なヒューなら、その実績から女性の扱いについてのアドバイスをしてくれると期待したのだが……。あてが外れてしまった。

ついでに性行為の上手《うま》い手順も詳しく聞きたかったのに、今の話を聞いた限りでは、ヒューは女性が好む行為ができる男ではなかったようだ。

なにせ、彼もアイルに『下手くそ』と言われる部類の人間だったのだから。

あまりの収穫のなさに、クラウスは大きな溜め息を吐いた。

クラウスの秘密を知っているのはヒューだけだ。だからクラウスがその手の話をできるのは彼しかいない。そのヒューが役に立たないとなると、やはり自分で頑張るしかないのだろう。

早く帰って、秘蔵の本でもう一度一から勉強し直そう。

そう決心すると、クラウスは不憫なヒューを慰めるようにその逞《たくま》しい肩をぽんぽんと叩き、ますます怪訝な顔をする彼を置いてその場を後にしたのだった。

❀ ❀ ❀

次の約束の日。

アイルはクラウスの屋敷に向かうために昼過ぎに家を出た。

伯爵家の別邸とは違い、庭が畑と化しているアイルの家の敷地は狭い。玄関から門まで、少し歩けばすぐについてしまう。

その短い距離をゆっくりと進み、あと数日で収穫できるであろう野菜の目星をつけながら門に向かっていると、

「アイル」

と、背後から呼び止められた。

「お母様……」

アイルは振り向きながら、少しだけ怪訝な表情になってしまった。

母がアイルに声をかけるのは、アーヴェルのことについてのみだ。先ほど部屋に行った

時、アーヴェルは元気そうだった。つきっきりで看病しなければいけないような体調の時以外は、アイルは自由にしていいことになっている。それなのに呼び止められて不思議に思った。

「どこへ行くの？」

珍しく行き先を尋ねられ、アイルは戸惑いながらも答える。

「ダークベルク伯爵家の別邸です」

その言葉を聞いた途端、母はなぜか眉間に深い皺《しわ》を作った。

「ダークベルク……。あそこは確か、息子が二人いたわね」

「はい」

母は線が細く儚げな美人だ。大きな子供がいても今なお引く手数多《あまた》な美貌の持ち主である。それゆえに昔はいろいろと苦労をしたらしい。だからなのか、最終的には、貧乏でも誠実で一途に母を想ってくれていた父と結婚したそうだ。

苦労をしてきたせいか、元々の性格なのか、母は少し神経質なところがある。けれど、こんなにも顔を顰めて嫌そうな顔をするのは初めて見た。

「別邸ということは、次男のところに通っているのね」

「はい。クラウス様です」

うなずくと、母の顔から一切の表情が消えた。

「そう……似ているほう、ね」

その小さな呟きをアイルはしっかりと聞いていた。

似ているほう……？　誰に？

疑問に思ったが、それを訊く前に母は踵を返し、アイルに背を向けて去ってしまった。

母の不可解な言動に首を傾げたアイルだったが、このままぼんやりとしていたら約束の時間に遅れてしまうことに気づき、急いでクラウスの屋敷に向かった。


「今日は、キスくらいはしてもいいだろう？」

昨日のようにソファーに並んで座り、手の触れ合いから始めて少しした後、クラウスがアイルの耳に顔を近づけてそう囁いた。

「そうですね。では、今日はキスをしましょう」

耳に息を吹きかけられるくすぐったさに身を捩《よじ》りながら、アイルは了承した。

軽く触れるキスから濃厚なものまで、男を骨抜きにする手練手管《てれんてくだ》は手引書できちんと学習してあった。

アイルはクラウスの胸に手を当て、そっと彼の顔を見上げる。

「いいのか？」

自分から言い出したくせにそんな問いかけをしてくるクラウスに、アイルは小さく頷いた。

「どうぞ」

軽く顎を上げて目を瞑《つむ》ると、クラウスの手が背中に回った。優しく撫でるようなその手に身を任せていると、唇がふわりと重なった。

温かくて、柔らかくて、少しだけくすぐったい。

ほんの数秒重なったそれは、ゆっくりと離れていく。それを少しだけ残念に思ってしまった。

「優しくて、いいと思います」

至近距離でじっと見つめてくるクラウスに頷いてみせると、彼はにっこりと微笑んで胸を張った。

「そうだろう」

その自信はいったいどこからくるのか。キラキラと輝くような得意げな顔でクラウスはアイルを見る。

「でもこれは大人のキスじゃない。俺は下手くそじゃないと君に分からせてあげよう」

言うと、クラウスはアイルの背に回した腕に力を込め、お互いの体がくっつくほどにアイルを引き寄せた。

アイルも同じように、自らの手をクラウスの背中に回す。それを了承ととったのか、クラウスは顔を寄せてきた。

そして、先ほどと同じように唇が重なった。しかし今度は、クラウスの唇が僅かに開いていた。そこからぬるりと湿った舌が現れ、アイルの唇を舐める。

クラウスに主導権を握られないように自分を律して、アイルはそっと口を開いた。途端に、クラウスの舌がするりとアイルの口腔《こうこう》に入り込んでくる。

「……っ……」

彼は躊躇することなくアイルの舌を絡めとると、軽く吸い上げた。そして舌の表面をくすぐりながら奥へと進んでいく。

思わず舌を引っ込めると、クラウスは尖らせた舌先で上顎《うわあご》をなぞり始めた。くすぐったいようなむず痒いような感覚を恐れ、アイルは身を捩る。

しかし抱き締める腕は力強く、逃れることはできない。それどころか、更に深く舌が入り込んで来た。

お互いの舌が触れ合い、咄嗟に引っ込めそうになるのを我慢して、アイルは自らクラウスの舌に触れる。するとクラウスもつつくように触れてきた。そして舌の裏側から付け根部分を執拗《しつよう》に舐め上げてくる。

クラウスが触れた部分から、じわじわと甘い痺れが全身に広がっていく。だんだんと下腹部が熱くなってくるのを感じ、アイルはきつく目を瞑った。

クラウスはアイルの後頭部を押さえるようにしながらキスを深くし、その分体も密着させてくる。

自分の体が熱を持っていることを気づかれたくなくて、アイルは懸命に体を引いた。しかしすぐにクラウスの体が追いかけてきて、しまいにはソファーの背もたれとクラウスに挟まれて押し潰されそうになってしまった。

「……まっ……クラ……」

待って。その言葉は聞き入れられなかった。クラウスはぴちゃぴちゃと水音を立ててアイルの舌を弄びながら息継ぎをする。口腔のすべてを食べ尽くされてしまいそうな口づけに、アイルは自らの体を支えていられなくなった。

力をなくしたアイルに気づいたクラウスは、一度唇を離す。

「折れてないか？」

クラウスが心配そうに顔を覗き込んでくるが、何を言っているのだろうと思った。

「何が折れるのですか?」

少しだけ息が上がっているため、吐息とともに零れたその問いに、クラウスはアイルの体を確認するように撫でながら答える。

「今、少し力を入れ過ぎただろう。アイルは細いから、どこか怪我をしていないかと思って」

パーティーの時に言っていた言葉は、紳士的に見せるための発言ではなく、彼が本気でそう思っているからこそ出てきた言葉だったのだ。アイルは驚きながらも、小さく微笑んだ。

「怪我なんてしていません。そう簡単に壊れたりしませんよ?」

「本当に? だって、君の腰に俺の腕がすっかり回ってしまうんだよ? このまま力を込めたらきっと、俺は君を真っ二つにできると思う」

腰の辺りを撫でていたクラウスが、アイルを真っ二つにする想像をしたのか、怯えたような顔になった。それを見てアイルは、小さく吹き出してしまう。

「では、私を二つにしてみてください、クラウス様」

笑いながらそう言うと、クラウスは目を見開いてじっとアイルを見つめた。

彼がなぜそんな表情をしているのか分からないアイルは、笑みを消してその瞳を見つめ返す。すると彼は、はっと我に返った様子で視線を逸らした。そしてすぐに憮然《ぶぜん》とした表情になり、アイルの体から手を離す。

「嫌だよ。君は男の力を甘く見ているけど、俺は見た目以上に力が強いんだ」

言いながら、クラウスは近くにあった燭台を手に取った。鉄製のそれは、太い台座から蝋《ろう》の受け皿にかけて徐々に細くなっている作りで、彼はその一番太い根元部分を両手で摑むと、苦もなくそれを折ってみせた。

「ほら。簡単に折れてしまうだろう?」

あまりにもあっさりと折れてしまった燭台に、アイルは驚くのではなく感心した。

「すごいですね、クラウス様。もしかして、片手で林檎を砕けたりしますか?」

テーブルの上には、使用人が用意してくれた焼き菓子や果物がある。丸ごとではなく食べやすいように小さく切られているそれをアイルは指差した。

クラウスは果物に視線を落としながらうなずく。

「やったことはないけれど、砕けると思う」

その答えを聞いて、アイルはクラウスが片手で林檎を潰す様子を想像した。

「クラウス様は意外と力があるのですね」

隙のないしなやかな動きをするので剣の腕は立つだろうと思っていたが、どちらかと言えば非力そうな容姿なので、そんなに力があるとは思っていなかった。

それなのに燭台を折ったり片手で果物を砕いてしまえると言う。人の能力は外見だけで判断してはいけないらしい。

感心するアイルに、クラウスは折れた燭台をテーブルの上に置き、小さく溜め息を吐いた。

「男の怖さを知って欲しかったのに、まさか感心されるとは思わなかったよ」

「お兄様にはできないことだと思いまして……」

病弱で体力のない兄には、燭台を折るのはもちろん、果物を握り潰すなんていう芸当はとうていできないだろう。

そんなことをする兄を想像することもできないアイルは、本当にすごいです、と尊敬の眼差しでクラウスを見た。

「確かに、アーヴェルには無理そうだけど……。俺は君の骨を折ってしまうかもしれないと心配して言っているんだよ」

困ったように言うクラウスに、アイルは首を傾げる。

「そんなふうに気遣ってくれるのはクラウス様が初めてです。だからきっと、そんな気遣いができるクラウス様は私を傷つけたりしません」

　外面だけ紳士のふりをする人間を多く見てきた。彼らは淑女を大切に扱っているように見せて、実は物のように思っているのを知っている。女性を尊重することなく自分勝手に振る舞い、気遣う素振りを見せるだけで乱暴に扱うのだ。

　けれどクラウスは何もかもが優しい。本気で壊れると思っているからかもしれないが、大切に扱ってくれているのが分かる。

　アイルがそう言うと、クラウスは困ったような心配顔から一変、自信に溢れた笑みを浮かべた。

「君は俺を信じてくれている、ということかな？」

　するりとアイルの頬に手を当て、再びキラキラと輝き出したクラウスをアイルは半眼で眺める。

　褒めると途端にいい顔をする。そんなクラウスの素早い変化についていけないアイルは、感心よりも呆れが勝ってしまった。

「クラウス様の特技は、変わり身の早さですね」

「魅力的な君に振り回されているんだよ」

　囁くようなその小さな声量はわざとなのだろう。彼は流し目でアイルを見つめる。

「俺を振り回すなんて、いけない娘だね……」

なぜだろう、彼の声が艶っぽくなるほどに心が冷めていくのは。得意満面なその表情に少しだけイラッとしたからだろうか。

アイルが無表情でクラウスを見つめると、彼は僅かに視線を泳がせ、小さく咳払いをしてから口を開く。

「キス、続けてもいいかな？」

クラウスは上目遣いでアイルの顔を覗き込んだ。

直前までの自信に満ち溢れた態度とは違い、子供がお菓子をねだるようなその仕草が微笑ましく思えて、アイルは無言で瞼を落とす。

それが了承の合図だと分かったのか、クラウスはすぐにアイルの唇を食むように口づけた。そしてそのままアイルの唇の形を確かめるように舌でなぞる。表面だけではなく裏側にも舌を這わせると、今度は歯列をなぞり始めた。

「……ん…っ」

息継ぎの頃合がよく分からないアイルは、重なった唇に僅かな隙間ができるのを待って大きく息を吸った。鼻呼吸だけでは空気が足りなくて苦しいのだ。

キスをしながら、クラウスがアイルを引き寄せた。きつく抱き締められて、彼の筋肉の動きまで分かってしまうほどに密着する。

合間にふわりと鼻をくすぐるのは、彼の体臭と香が混ざった、爽やかな中にほのかな甘さがある香りだ。嫌な匂いではない。むしろ心地良いと感じる香りだった。

アイルが体の力を抜くと、クラウスは唇を離さないままアイルをソファーに押し倒した。

クラウスの重みを全身に感じることに気をとられていると、彼の舌がアイルの舌をとらえた。アイルは舌を突き出してそれに応える。

二人の舌が絡み合い、水音が響いた。

アイルはそっと瞼を持ち上げる。すると、熱に浮かされたように潤んだクラウスの瞳とぶつかった。

彼はずっとアイルを見ていたらしい。目が合っても視線を逸らすことのないクラウスに、アイルは鼓動が跳ねるのを感じた。胸が苦しいような気がして、思わず目を瞑ってしまう。

目を閉じると、聴覚と触覚が研ぎ澄まされた。先ほどよりももっと淫らな音が脳内に響き、クラウスの舌が与える刺激に敏感に反応する。

与えられる熱と痺れるような感覚に、アイルの体が震えた。

熱い。この熱をどうしていいのか分からなかった。

アイルと同じように、クラウスも興奮している。密着しているから分かった。

アイルを見て勝手に興奮した貴族が、無理やり猛《たけ》りを押しつけてきた時は捻《ひね》り潰してやりたくなったが、クラウスのだと思うとなぜか嫌な感じはしない。

唇が離れたと思ったら、またすぐ塞がれる。何度それを繰り返しただろうか。

しばらくしてから、ふいにクラウスの唇が離れる。すると次の瞬間、アイルの首筋に吸い付いた。そして彼の手が、アイルの胸に触れる。

「駄目です」

アイルは素早くクラウスの手を摑み、力いっぱい振り払った。

「え？」

乱暴に払ったせいか、クラウスが目を丸くする。

彼の唇が濡れているのに気づいたアイルはそれがひどくいやらしく思えて、彼からさっと視線を逸らした。

「いきなりキス以上に進もうとするなんて、紳士のすることではありません」

腕を突っ張ってクラウスの体を自分の上からどかせ、アイルはなるべく感情をこめずに告げた。

するとクラウスは慌ててアイルの体を抱き起こし、素早く二人の髪と服装を整えると、背筋を伸ばす。

「何を言うんだ、アイル。俺以上の紳士はいないだろう」

クラウスは、興奮して暴走しかけたことなどなかったかのように、爽やかな笑みを浮かべてそう断言した。

「その自信はどこからくるのですか？」

呆れ半分にクラウスを見ると、彼はアイルの頬を撫でる。

「理性の塊とは俺のことだよ」

言ってにっこりと微笑むクラウスに、冷たい視線を向けてしまったのは仕方のないことだと思う。

つい今しがた暴走しそうになった男が自信満々に言う言葉ではない。

無言でじっとクラウスを見つめていると、彼はまるで恋人にするようにアイルの髪を優しく指で梳き、そっと耳に顔を寄せた。

「俺は紳士だから、君の嫌がることはしないよ。君が止めたらすぐにやめると約束する。でも、キスはもっとしてもいいね？」

言い終わらないうちに、クラウスは再びアイルに覆いかぶさった。

クラウスの熱くて濃厚な口づけを受け止めながら、唇が腫れてしまうのではないかとアイルは本気で心配になった。

❀❀❀

昨日、キスのし過ぎで唇に熱を持ってしまったアイルは、僅かに腫れたそこに触れながら街へと向かっていた。

クラウスの屋敷に向かう前に、買い物を済ませてしまおうと思ったのだ。

食料は畑でとれるが、必要最低限の日用品は購入している。いくら手先が器用な母でも、すべてを手作りで済ますには限度があるからだ。

そのため、本日のアイルの服装は露出度が高めである。男性店員のいる店で、底値近くまで値切るためだ。

貧乏なビオルカーティ家にとっては、買い物も頭脳戦なのだ。どれだけ値切り、どれほどのおまけをもらうか、店側とビオルカーティ家との戦いはいつも真剣勝負だ。生活がかかっているので、手を抜くことはできない。

さて、今日はどうやって攻めようか……。

アイルは作戦を練りながら歩いていた。すると、街外れにある孤児院の前にクラウスが立っているのに気がついた。

クラウスがこんなところにいるなんて予想外だ。

驚いてつい二度見をしてしまったアイルだったが、あの無駄に綺麗な立ち姿と、均整のとれた体つき、そして自信に満ちた表情は間違いない。クラウス本人だ。

屋敷以外で声をかけていいものかどうか、アイルはしばし逡巡《しゅんじゅん》した。

すると突然、

「クラウス様〜！」

建物の陰から飛び出して来た少女が、満面の笑みを浮かべてクラウスに抱きついた。クラウスは優しい笑みを浮かべ、少女を軽々と抱き上げる。

「イザベラ、少し大きくなったんじゃないか？」

「ええ！　早くクラウス様と並んで歩けるように、毎日たくさんご飯を食べているの！」

クラウスの言葉に、イザベラと呼ばれた少女は嬉しそうに笑った。その顔は非常に可愛らしく、日々自分を飾り立てることに忙しい淑女たちに劣らない。

二人は、仲が良さそうに顔を寄せ合った。

それを見て、アイルははっと思い当たる。

もしかすると、クラウスは幼女が好きなのかもしれない。だから貴族の女性たちの誘いを素っ気無くかわしてきたのだ。彼女たちは少し育ち過ぎているので、クラウスの守備範囲ではなかったに違いない。

それならそうと言ってくれれば良かったのに……。

そうすれば練習など提案しなかったし、アイルの目的を果たすためのターゲットは別の人にしただろう。

——でも、結構積極的にキスをしてきたような気がする……。

昨日のクラウスを思い出し、アイルは彼の幼女好き説を一瞬にして頭から消し去る。唇が腫れるくらいアイルにキスをしてきて下半身を元気にしていた男が、そんな性癖《せいへき》で困っているはずがない。

そう思い直し、アイルは改めてクラウスに視線を向ける。すると、いつの間にかイザベラ以外の子供たちがぞろぞろと彼の周りに集まって来ていた。

「クラウス様〜」

「僕も抱っこ！」

「私も！　イザベラだけずるい！」

「遊んで、クラウス様！」

子供たちは思い思いにクラウスに甘えていた。それは、彼がこの孤児院を訪れるのは初めてではないということを示している。

クラウスは服が汚れるのも構わず、次から次に現れる子供たちと遊んでいる。少しして、孤児院の中から年配の女性が慌てて出て来た。

「クラウス様、毎年多額の寄付をしてくださって本当にありがとうございます。何のお返しもできなくて申し訳ありません」

彼女は何度も何度もクラウスに頭を下げ、感謝の言葉を繰り返す。

クラウスは彼女に顔を上げるように言うと、優しい表情で子供たちを見ながら言った。

「貴族として当然のことをしているだけですよ。私は、子供たちが元気に育ってくれることが一番のお返しだと思っています。こうして子供たちと遊ぶのもとても楽しいですしね」

孤児院の責任者であろう女性は、クラウスの言葉に感極まったように顔を覆い、再び感謝の言葉を口にした。

隠れて様子を見守っていたアイルは、彼らに見つからないようにそっとその場を離れた。

街への道を歩きながら、先ほどのクラウスの表情を思い出す。

彼は、あんなに優しい顔もできるのだ。張り付けたような笑みしか浮かべられないのだと思っていたけれど、子供の前では素の表情になってしまうらしい。

アイルは、紳士然としている胡散臭い微笑みよりも、先ほどの笑顔のほうが好ましいと思った。

それにしても、クラウスが毎年孤児院に寄付をしているというのは意外だった。

責任者の女性は、伯爵家ではなくクラウス自身に感謝をしていた。ということは、クラウスは個人で寄付をしているということだ。

普通貴族は、その家々からの寄付金しか出さない。とは言っても、貧乏なビオルカーティ家では寄付なんてしたことはない。自分たちの生活でかつかつなので、したくてもできないのが現状だ。

だから個人での寄付など、よほど余裕のある生活をしている人物か、慈善事業をしていることを世間に知らしめたい人物、もしくは心からの善意でする人物のどれかだ。

毎年、ということは、クラウスは昔から継続してあの孤児院に寄付をしているのだろう。

彼にはそれほどの資産があるのか。そしてそれを、私利私欲のためでけなく子供たちのために使っている。

クラウスがそんなことをしているなんて、今まで一度も聞いたことがなかった。それは、彼が自分の評判を高めるためにしていることではないという証拠ではないか。

クラウスは本物の人格者なのかもしれない。そして彼は、一度やると決めたらそれを貫き通す誠実な人なのだ。

アイルが考えている以上に、彼は素晴らしい人物だった。

それならやはり、彼を頼るのが一番なのではないか……。

アイルは改めて、クラウスなら、という思いを強くした。

❀ ❀ ❀

「今日は、キスより先に進んでもいいだろう？」

初めてアイルとキスをした日から数日が経った。

アイルはあれから毎日クラウスの屋敷に来てくれたので、抱擁からキスまでの復習を何度も行うことができた。

彼女はどんなキスでも許してくれるが、まだそれ以上のことはさせてくれない。嫌がることはしないと約束したので、彼女が『ここまでです』と言えば、クラウスはその瞬間に煩悩を頭から弾き飛ばさなければならなくなる。

本当なら欲望のままに無理やりにでも行為を続けたいが、まだかろうじて残るなけなしの理性が彼女との約束を守らせてくれていた。

クラウスは格好《かっこう》つけたいのだ。完璧人間であるという自負が、紳士という仮面を放り出すことを許さない。その自尊心だけで理性を繋ぎ止めていると言っても過言ではない。

しかしそういった無理な我慢が続いているため、毎日悶々としていた。寝ても覚めてもアイルの唇と舌の感触を思い出してしまい、油断をするとむらむらといやらしい気分になってしまうのだ。

この欲求不満が爆発してしまわないように、少しでもいいから先に進みたい。

そう思ったクラウスは、なるべく爽やかに、いやらしさなど微塵も表に出さずに思い切ってそう訊いてみた。

するとアイルは、意外にもあっさりと頷いた。

「そうですね。クラウス様はキスはとてもお上手ですから、次に進んでも良いかもしれません」

その言葉を聞いた瞬間、クラウスは心の中で拳を握った。狂喜《きょうき》のあまり小躍りしそうになるのをぐっと堪《こら》え、なるべく余裕があるように見える態度で微笑む。

「君も、俺の口づけを気に入ってくれたんだね。嬉しいよ」

アイル以外とはしたことがないくせに、他にも気に入っている人間がいるような言い方をしてしまったのは、見栄以外の何ものでもない。

いいじゃないか。見栄くらい張らせてくれ。二十歳にもなってキスすらしたことがないなんて恥ずかしくて言えないのだから。

昔から女性たちに再三キスをせがまれてはいたが、童貞を捨てられないのと同じ理由でかわし続けてきたのだ。

アイルとは問題なくできたのだから、気負い過ぎていたためにその機会を逃《のが》し続けていたのだと、今なら分かる。

今更後悔しても遅いが、こんなに簡単なことなら怖がらずに経験しておけば良かった。そうすれば、童貞などという恥ずかしい秘密を死守するという苦労もしなくて良かっただろう。

「気に入ったかどうかは別として、官能的なものではあると思います」

照れた様子もなく、アイルは冷静にそう返してきた。

何度もしたのでキスには自信があったのに、まだまだ彼女を骨抜きにはできていないらしい。

項垂れそうになる気持ちを押しとどめ、クラウスはそれならば……とアイルを隣にある寝室へと案内した。

クラウスの私室には、廊下へと続く扉とは別に、寝室に続く扉がある。少しの距離を移動しただけだし、ベッドがある以外は他の部屋と変わらないのだが、ベッドに女性と一緒に座っている、その状況だけで緊張して体が強張ってしまう。

クラウスは早鐘を打つ心臓の音を聞かれないように僅かに体を離しつつ、アイルの顎に手をかけた。

「始めても……？」

問うと、アイルは返事のかわりに瞼を閉じる。

僅かに開いた彼女の紅い唇に吸い寄せられるように、クラウスは顔を寄せた。アイルの体を強く抱き締めて逃げられないように後頭部に手を回してから、唇を塞ぐ。

アイルは舌の表面を刺激されるのが特に好きなのだと、ここ数日触れ合った中で気づいた。だからまず唇を舐めて体の力が抜けるのを待ち、誘うように開かれた彼女の口腔に舌を差し入れ、上顎から舌の付け根を舐め上げる。

そして時間をかけてゆっくりとすべてに舌を這わせ、最後に彼女の舌の表面を尖らせた舌先で何度も往復した。

きつく舌を絡めると、アイルが身を捩る。クラウスはうっすらと瞼を開け、彼女の表情を窺った。

白い肌が淡く紅潮し、長い睫毛が震えている。漏れる吐息は甘く、僅かに寄せられた眉が艶《なま》めかしくて、クラウスの体を熱くさせる。

美しいその顔を歪めさせることができたことへの優越感が、ふつふつと湧き上がるのが分かった。

クラウスは軽く唇を啄《つい》ばんでから顔を離し、ゆっくりと瞼を持ち上げるアイルの顔を至近距離で見つめる。

かすかに潤んだ青紫の瞳は、クラウスの双眸をとらえて小さく揺れた。

「感じた？」

無防備な表情を晒すアイルをからかいたくなって、クラウスは笑って問いかける。すると彼女は思いのほか素直に頷いた。

「気持ち良い、です」

頬を染めて微笑むアイルを見て、クラウスは動きを止める。正直なその感想が下半身に直撃したのだ。

一瞬にして本能が全身を支配し、理性が圧倒的に劣勢となる。

　クラウスは慌てて歴代の王の名を頭の中で復唱した。それでも暴走しそうな下半身は収まらず、今度は嫌いな貴族の顔と、彼らからの暴言を思い出す。

　そんな涙ぐましい努力も知らず、アイルはクラウスの手を取って、その手を自らの胸に押し当てた。柔らかな感触がクラウスの手のひらに伝わる。

「触ってもいいですよ」

　大胆なその行動に思わず無表情になってしまったのは、やっと優勢となったはずの理性が一気に塵と化してしまいそうだったからだ。

　消えてしまいそうになった理性を繋ぎ止めるのは容易ではなかったが、クラウスは何とか欲望を奥底に抑え込み、気力を振り絞って平静を装った。

「先に進んでいいんだね？」

　動揺は一切出さずに低く囁くと、アイルは小さくうなずく。

　クラウスはアイルに気づかれないようにゆっくりと大きく深呼吸をし、彼女をベッドの上に押し倒す。そして手に意識を集中させて指先に力を込めた。

　や、柔らかい……。

　アイルの胸は想像以上に柔らかかった。

　ドレスと胸当て越しとはいえ、その感触はしっかりと分かる。抱き合った時に感じていた柔らかさとは少し違う。手で包み込むと形を変えるのに、押し戻すような張りと弾力があった。
クラウスは本に書いてあったとおり、外側から包むように優しく触れていく。揉み込む
ようにして、徐々に中心に進んでいくのがいいらしい。
とにかく、優しく、優しく……。
そっとアイルの顔を盗み見るが、彼女は僅かに目を細めているだけで、クラウスが愛読
する指南本に書かれているような反応はなかった。
おかしい。本によれば、胸を揉むと女性は甘い声を上げるはずなのに。反応がないのは
布越しだからだろうか。
それならば、と少し強めに揉んでみると、すかさずアイルから制止の声が上がる。
「駄目です」
「どこが駄目なんだ？」
上擦りそうになる声を必死に低くして問うと、アイルはそっとクラウスの手に自らの手
をのせた。
「もう少し優しく触ってください。最初は、触れるか触れないかの愛撫のほうが官能を高
められます」

上目遣いで囁くように告げられ、クラウスは慌てて、でもなるべくさり気なくアイルから視線を逸らす。

「すまないね。何の反応もないから、君は痛いのが好きな質《たち》かと思って」

心の中はアイルの色気で野性が大騒ぎしているのに、口は勝手にそんな意地の悪い言葉を吐き出した。

「クラウス様は、そういう性行為がお好みですか？」

冷静に返されて、クラウスは笑みを作ったまま硬直する。

世の中にはそういう性的嗜好があるのは知っているが、それは上級者がする行為だと思っていた。

クラウスは初心者中の初心者だ。だからそんな高度なことをしようだなんて、一度も考えたことはない。

「俺にそういう趣味はないけど、君が望むのなら頑張るよ」

特殊な行為の知識はほとんどないというのに、強がってそんなことを言ってしまった。

しかも、流し目つきで。

クラウスはそんな自分に呆れながらも、戦々恐々とアイルの返事を待った。もし、痛くしてくださいと言われても、うまくできる自信がない。

不安に思いながらアイルを見ると、彼女は半眼でクラウスを見ていた。

「私にもそんな趣味はありません」

アイルはきっぱりと否定する。そのことにクラウスは安堵し、思わず笑みが漏れた。

「じゃあ、普通でいいね？」

「ええ。普通が一番です」

意見が一致すると、今度はキスよりも先に進めることに期待と不安が湧き上がる。

大丈夫だ。

何度も自分にそう言い聞かせ、震えそうになるのを抑え込んでアイルの首筋に指を這わせる。

「脱がせてもいいかな？」

ドレスに手をかけて問うと、

「……自分で脱ぎます」

少しの沈黙の後、アイルが言った。その言葉に、クラウスは小さくほっと息を吐き出し体を離す。

ドレスの脱がせ方の予習は脳内でしてあるが、実際に脱がせようとすると、どこから手をつけていいのか分からなかったのだ。

本に書いてあるドレスと形状が違うのか、身を起こしたアイルは背中のリボンを解いたと思ったら今度は胸元の紐を解き始める。そんなに複雑な構造なのかと、クラウスはその作業を真剣に見つめた。

アイルが時間をかけてドレスを脱いでいくと、今までにないほどに鼓動が高まっていく。彼女の細く、しかし出るところは出ている上半身がクラウスの双眸に映った。眩しいくらいに綺麗な、白く滑らかな肌を直視することができず、思わず目を細めて視界を狭めてしまう。

「どうぞ」

胸当てをとり、形の良い大きな乳房をクラウスの前に晒《さら》すアイルは、そのことをあまり恥ずかしいと思っていないらしい。頬を染めることも、恥じらって視線を逸らすこともなくクラウスを見つめて先を促した。

もう少し恥じらってくれるといいのに。そう思うのは贅沢《ぜいたく》だろうか。

クラウスは、いっそ清々しいほどに男前なアイルの態度に、自分はその上をいく男らしさを見せなければならない、と気合いを入れた。

「綺麗だね」

できる限りの甘い声を発してアイルに口づけ、啄ばむようなキスを繰り返しながら、そっと胸に触れる。

直接触った胸は、ふにゃふにゃとしていて温かかった。ドレスの上から触った時とは柔らかさがまったく違う。しかも手に吸い付いてくるような感触がした。いつまでも揉んでいたいと思うほどに心地の良いそれに、クラウスは夢中になる。

下から持ち上げるように手のひらに収め、強くなり過ぎないように揉んでいく。そうすると、胸というのは意外に重いのだと気づいた。

想像ではただただ柔らかなものだと思っていたのだが、人間の体の一部なのだから重さがあって当然なのだと今更ながらに知る。

男女の違いを改めて感じ、クラウスは新しい発見を繰り返しながらアイルの体に触れていった。

小さな顔、細い首、浮き出た鎖骨、薄い肩、頼りない腕、柔らかな胸、括れた腰、それらすべてが男とは異なるものである。

あわせて一言で表すなら、女性とは細くて柔らか、だ。

やはり想像だけではこの質感は分からない。

クラウスは自分とは違う骨格や肌質に感心しながら、胸を触っていないほうの手でアイルの体を撫で回した。それは好奇心丸出しな行為だったが、アイルにとっては愛撫そのも

のだったらしい。彼女は小さな吐息を漏らし、身を捩った。

それに気をよくして、クラウスはアイルの首筋に舌を這わせ、耳の裏まで舐め上げる。同時に、僅かに立ち上がった乳首が指に触れた。その瞬間、

「……んっ……」

アイルが鼻にかかった声を上げた。

その声にどきりと鼓動が跳ね、クラウスは思わず動きを止めてしまう。しかしすぐに我に返り、掠《かす》る程度に乳首に指を這わせた。

するとアイルは、眉を寄せて唇を震わせる。その反応が嬉しくて、今度は優しく摘んでみた。

「……ぁ……」

アイルの口から小さな声が漏れる。

クラウスは胸への愛撫の手順を思い出しながら、まずは乳首の先を指の腹で撫でた。立ち上がったそれがクラウスの指を押し返す感触がしたので、ゆるりと円を描くように押し潰してみる。

そうやって小さなしこりの感触を手で楽しんでから、恐る恐る口に含んだ。

「…っ……！」

アイルが息を飲むのが分かった。

クラウスは唇で乳首を挟み込むと、舌先を尖らせてつつくように這わせる。反対の乳首は、爪を軽く立てて擦った。

「ぁん……っ」

それは確かに喘ぎ声だった。アイルを感じさせている。そう思うだけで、クラウスの興奮が更に高まった。

口と指で、しつこいくらいに胸への愛撫を続けると、アイルが潤んだ目をクラウスに向けてくる。その顔がキスをねだっているように見えて、クラウスは伸び上がって彼女の唇を塞いだ。

角度を変えて舌を差し入れ、口腔をかき回す。アイルが苦しそうに身を捩るが、体重をかけて押さえつけ、調子にのって彼女の太ももに手を這わせた。

——すると、

「駄目です」

案の定制止の声がかかる。

顔を逸らしてクラウスの口づけから逃れたアイルは、うっすらと涙が浮かんだ瞳で睨んでくる。

その顔は反則だ。駄目だと言われてしまえば止めるしかないのに、本能が暴走しそうになるほどに可愛い。

もっとキスしたい。もっと触りたい。もっと感じさせたい。

そんな欲望が次から次に溢れ出る。それでもクラウスは理性を総動員して、アイルから体を離した。

動きがぎこちなくなってしまったのは、僅かに残った本能が、彼女と離れたくない！と訴えたからだ。

「気持ち良かった？」

アイルが服装を整えるのを手伝いながら、クラウスはそっと彼女の顔を覗き込む。するとアイルは、クラウスの視線から逃げるように顔を背けた。

「……はい」

聞き逃してしまいそうなほどに小さな返事は、彼女が恥じらっているからだろうか。

ドレスを脱いだ時とはまったく別人のようなアイルに、クラウスは不覚にもときめき、赤面してしまった。

鼓動がうるさいほどに高鳴り、彼女の顔を直視できなくなる。アイルもクラウスから視線を逸らしているので、幸いにも赤くなった顔を見られなくて済んだ。

クラウスはほっと息を吐き出し、熱を逃がすために立ち上がって窓を開ける。

「今日はここまで、だね」

外気に触れて頬のほてりがとれるのを待ってから、クラウスは笑みを浮かべてアイルを振り返った。

「はい。では、また明日」

答えたアイルも、すでにいつもの冷静な彼女に戻っていた。

そのことに若干気落ちしながらも、クラウスは、明日に備えて予習をして今度はもっと甘い声を上げさせよう、と決心した。

❀　❀　❀

アイルは朝からサロンの掃除に勤《いそ》しんでいた。

今日はオリヴィアが遊びに来る日だ。

アイルとアーヴェル、そしてオリヴィアの三人でお茶を飲むだけなのだが、数年前から、月に一度は必ずそういう時間を設けていた。

アーヴェルはその日だけは必ず無理をしてでもベッドから起き出し、オリヴィアが来る前にまず一杯の熱い紅茶を飲んで血行をよくしていた。そうしないと、具合が悪いのではないかとオリヴィアがひどく心配するのである。

「いらっしゃいませ、オリヴィア様」

掃除が終わる頃、オリヴィアは焼き菓子やケーキをたくさん持ってやって来た。白と桃色のふんわりとしたドレス姿の彼女は、申し訳なさそうに頭を下げる。

「アイル、この間はごめんなさい。パーティーに招待したのは私なのに、相手をすることができなくて」

「いいえ。おいしいものをたくさん食べられたので満足です。それに、お兄様とはご一緒されたのでしょう？」

アイルは、アーヴェルがいる広間までオリヴィアを促しながらにっこりと微笑んだ。するとオリヴィアは、僅かに頬を染める。

「ええ」

「二人きりでゆっくりできましたか？」

問うと、彼女の柔らかそうな頬が更に紅潮した。

「ええ……」

恥ずかしそうに両手を頬に当てるオリヴィアは、女のアイルから見てもとても愛らしいと思う。アイルには真似できない可愛らしさだ。

男性はこういう可愛らしさを好むのだろう。きっとクラウスも、こんなオリヴィアを見れば好きになるに違いない。そう思ったら、ふいに胸の辺りが重くなったような気がした。

けれど、オリヴィアが嬉しそうにアーヴェルと挨拶を交わす姿を見たらすぐに不快感がなくなったので、気のせいだと思い直す。

「今、お茶を淹れますね」

ビオルカーティ家に使用人はいない。だからすべて自分でやらなければならないのだ。

アイルは奮発した紅茶を用意しながら、クラウスの屋敷で出されるお茶やお菓子のことをふと思い出した。

クラウスのところで振る舞われるお茶は、この茶葉の何倍高級なものなのだろうか。アイルには味の違いはよく分からないが、少なくとも貧乏な我が家では手が出ない代物だろう。

焼き菓子も、オリヴィアが持ってきてくれるものと同じくらい甘くサクサクとするものばかりだ。バターと砂糖がふんだんに使われているであろうそれは、アーヴェルの好きなものの一つだった。

お菓子を持ち帰っていいですか、と今度クラウスに訊いてみよう。彼ならきっと、気前良く高級菓子をたくさん持たせてくれるはずだ。

そう決めると、アイルはお茶とオリヴィア持参のお菓子を二人の前に置く。

「ありがとう、アイル」

アーヴェルとオリヴィアは同時にそう言って、にっこりと微笑んだ。

三人の間に流れるのは、穏やかでゆったりとした時間である。アーヴェルとオリヴィアが、読んだ本の感想や最近あったことを話し、アイルが相槌を打ちながら聞く。

そんな居心地の良いのんびりとした空気がアイルは好きだった。

けれど、クラウスと一緒にいる時はそうはいかない。驚いたり落ち着かなくなったり呆れたりして様々な感情に振り回される。特に彼に触られた時は、思わず振り払ってしまいそうになるくらいおかしな気分になるのだ。

アイルはクラウスに関心を持ってもらわなければならない。そして最終的には夢中にさせたいのだ。そうしなければ、クラウスに近づいた意味がない。

そのためには、アイルは常に平常心を保たなければならなかった。もしアイルの心が揺れてしまえば、目的を達成できなくなるかもしれないからだ。

そうだ。アイルは目的のためにクラウスと一緒にいる。それなのになぜ、今のこの空気と比べてしまうのだろうか。

アーヴェルやオリヴィアと一緒に過ごす時間が何よりも好きなはずなのに、その中でクラウスのことを思い出してしまった。

毎日のように彼と会っているからだろうか。

「アイルは最近楽しそうだよね。何かいいことでもあったの？」

クラウスのことを考えていたアイルは、アーヴェルの言葉に一瞬固まってしまう。

いいことはあったにはあった。アイルが捜し求めていた条件に合うクラウスという人物を見つけたからだ。

「はい」

やっとアーヴェルの役に立てるかもしれない。そう思うと、自分の存在意義が明確になったようで嬉しかった。

しかし、オリヴィアの前でクラウスの名前を出すのは躊躇われたので、うなずくだけにとどめる。

するとアーヴェルは、何を思ったのか瞳を輝かせて破顔《はがん》した。

「それは、最近毎日どこかへ出かけていることと関係があるね？」

「はい」

「誰かに会いに行っているんだよね？」

「はい」

「……そうか。アイルにもとうとう春がきたのか」

アーヴェルが声を弾ませてそう言うと、オリヴィアは大きく目を見開いて驚きの声を上げる。

「まあ。アイルが……」

なぜか二人は嬉しそうに視線を合わせた。

二人が交わす視線の意味が分からず首を傾げたアイルだったが、そろそろクラウスの屋敷に向かう時刻だと気づいて席を立った。

「お兄様、私外出します。オリヴィア様、どうぞごゆっくり」

そう言って、アイルは二人の返事を待たずに足早にサロンを出る。どこへ行くのかと訊かれるのが嫌だったのだ。

パーティーの日、アイルはクラウスとオリヴィアの顔合わせを阻止した。けれど、宰相自ら娘と会わせようとしていたのだ。あの時会わなかったとしても、きっとこの先二人が知り合う機会はあるだろう。

アイルは断然アーヴェル派である。しかしクラウスは女性の憧れの的と言われている男性である。

今はオリヴィアの気持ちはアーヴェルにあるかもしれないが、オリヴィアがクラウスと直に接したら、万が一にも好きにならないという保証はない。だからそうならないように、次に二人が顔を合わせるのをできるだけ引き伸ばしたかった。

アイルは、アーヴェルの役に立てればそれでいい。

家柄を考えると、オリヴィアはクラウスと一緒になるほうがいいと分かっている。

――でも、できればそうならないで欲しい。

そう思うのは、アーヴェルの気持ちを考えてのことなのか、それとも――

考えるとなぜか胸が重くなった。その理由を知りたくなくて、アイルは大きく頭を振って訳が分からない感情を振り払った。

❀　❀　❀

「今日は、もっと先に進んでいいかな？」

キスの時と同様、上半身への愛撫のみの練習が数日続いたため、再び欲求不満が溜まりに溜まったクラウスは、懇願するようにアイルを見た。

胸への愛撫は触り方を間違えるとアイルの指摘が入るが、あとは自由にさせてくれた。しかし、上半身は触り放題なのに下半身に手を伸ばすと途端に止められる。そんなことが何度も続けば、下半身への欲求が募るばかりではないか。

駄目だと言われるほど触りたくなる。それが人間の性《さが》だと思う。

もやもやとした気持ちのままアイルの返事を待っていると、彼女は少し考えてから小さく頷いた。

「いいでしょう」

言うなり、アイルはドレスを脱ぎ出した。

最近は脱ぎやすいドレスを選んで着てきているようで、コルセットはつけておらず、胸当てやドロワーズといったものをすべて脱ぎ去るまで時間はかからなかった。

アイルは思い切りが良すぎる。雰囲気作りを大切にしろと言うくせに、なぜこんなところは男らしいのだろうか。

脱がせる楽しみというのも味わわせて欲しいのに……。

クラウスは彼女の脱ぎっぷりに感心しながらも、少し残念な気分になっていた。しかしすぐに気持ちを持ち直し、次こそは自分が脱がせるのだという希望を抱いてアイルの体を見つめる。

……美しい。

初めてじっくりと見る女性の裸体に、そんな陳腐な言葉しか出てこなかった。

女性の裸体は美しい。緩い曲線を描く輪郭や、滑らかな肌の質感は男にはないものだ。芸術家が裸婦画を描いたり裸婦像を作ったりする気持ちが分かった。

「どうかしましたか？」

全裸でベッドの上に座っているアイルを穴が開くほど見つめていたクラウスは、その声にびくりと肩を揺らす。

「いや……アイルの体は美しいと思ってね」

素直な感想がぽろりと口をついて出てしまった。アイルはその言葉に首を傾げ、自分の体を見下ろす。

「そうですか？　貧相だと思いますけど」

確かに、強調した胸をわざと押しつけてくるような積極的な女性たちに比べれば、アイルの体には肉が足りない。細い体には不釣り合いなほどに胸は大きいのだが、その他の部分に彼女たちのような豊かさがないのだ。

よく言えば、無駄な肉がない。悪く言えば、貧相ということになるのだろう。

けれどクラウスは、アイルのその体を美しいと感じた。特に腰から臀部にかけての曲線が素晴らしい。

「綺麗だよ」

全裸のアイルをゆっくりとベッドに押し倒しながら、クラウスは囁く。

できる限り甘い声を出したはずなのに、アイルはなぜか腑に落ちないような顔をした。けれど、何も言わずに目を閉じる。

なぜだろう？

時折、アイルが何も知らない無垢な少女に見える時がある。

彼女は自分のことに無頓着《むとんちゃく》だ。小さな子供が親の前で服を脱ぐように、平気でクラウスの前に素肌を晒し、性行為の練習相手になると言いつつ、まるで男の欲望を理解していないかのような態度をとる。

容姿は妖艶な大人の女性であるくせに、中身は警戒心のない子供のようだ。

「アイル……」

名前を呼ぶと、アイルは瞼を持ち上げてクラウスを見た。その宝石のように綺麗な瞳と視線を合わせたまま、クラウスはアイルの唇を塞ぐ。

そして彼女の口腔を存分に味わった後、赤茶色の髪を梳きながらその中に隠れていた耳を食《は》んだ。

形をなぞるように這わせた舌をそのまま穴の中に差し込むと、ぴくりとアイルの肩が跳ねる。それが感じている証拠だと分かっているクラウスは、舌先でぐるりと丹念に耳の穴を舐め上げた。

アイルの体が小刻みに震え、熱い吐息が漏れるのを確認してから、今度は耳の裏から首筋に向かって舌を這わせ、鎖骨の窪みに歯を立てる。

「…………ぁ……」

小さく聞こえた声にちらりと視線を向けると、アイルはきつく目を閉じて手の甲を口に当てていた。その隙間から漏れたらしい甘い声が、クラウスの興奮を煽る。

鎖骨をきつく吸い上げ、両手で胸を包み込むと、ここ数日で敏感になったと思われる乳首が、触ってくれとでも言うようにクラウスの手の中で硬くなった。クラウスは指と舌を使ってそこを重点的に攻め、アイルの体温を上げていく。

「っ……んん……」

自分の指を噛んで声を我慢しているようだが、それでも時折聞こえてくる喘ぎを聞く度に、クラウスは自信に満ち溢れていった。

——もうそろそろいいかな。

胸への愛撫を止めずに、片手をアイルの下半身に伸ばす。以前のように太ももに触れた途端に中断されることのないように、直接陰部に向かった指は、僅かな湿り気がある割れ目に触れた。

指先に力を入れて下から上へと向かって撫で上げると、アイルの体が大きく震える。同時に、ぬるりとした愛液がクラウスの指を濡らした。

濡れている。

そう思ったら、どうしてもそこを見たくなった。

クラウスはアイルの足を大きく左右に広げると、その間に体を滑り込ませる。

それだけでクラウスの意図を理解したのだろう。アイルの足に力がこもる。しかしそれをしっかりと押さえつけ、クラウスは陰部を覗き込んだ。

生まれて初めて目にした女性の陰部は、予想以上に綺麗で神秘的だった。しかし、妄想とは違い、あまり濡れてはいない。

——おかしい。予定ではもっと溢れ出ているはずだったのに……。

クラウスは眉間に皺を寄せ、もっとアイルを感じさせるためにどうすればいいのかを考えた。

——そうだ。女性の一番感じる部分は確かここに……。

本で得た知識を思い出し、クラウスは陰部をじっくりと眺める。そして割れ目の上の部分に小さな突起があるのを見つけ、愛液で濡れた指でそこに触れた。

「……っっ……！」

アイルが声にならない声を上げ、突然跳ね起きた。

「クラウス様、今日はここまでです！」

珍しく慌てた様子のアイルが、ベッドの上で後退り、クラウスから体を遠ざける。

「え……？」

これからだというところで中断され、クラウスは呆然とアイルを見つめた。

何かいけないことをしてしまったのだろうかと不安に思い、行為の内容を思い出してみるが、愛撫に問題はないという結論に至る。

きちんと本のとおりにしたのだ。うまくできていたはずだ。

胸を張ってそう言えるのに、アイルはさっさと身支度を整え、ベッドを降りてしまった。

「……いつになったら最後までさせてくれるのかな？」

思うように進まない行為に欲求不満が爆発しそうで、思わず声に出して言ってしまう。

するとアイルはゆっくりと振り返り、にっこりと笑みを作って答えた。

「クラウス様、女性は焦らせば焦らすほど感度が良くなるのです。だから、いきなり最後までせずにできるだけ焦らしてください」

焦らされて感度が上がってるのは俺だ！

クラウスの悲痛な叫びは、アイルには届かないのだった。

❀ ❀ ❀

「我慢するのって、大変だな……」

昼の休憩時。たまたま食堂で一緒になったヒューに、クラウスはぽつりと漏らす。

「は？　何を我慢してるって？」

山盛りのパンと骨付きの肉が何本ものった大きな皿を前に、ヒューはその肉とパンの山の上から、向かいに座るクラウスに視線を向けた。

見ているだけで胸焼けしそうなその量を事もなげにたいらげていくヒューに、クラウスは小さく溜め息を吐く。

「我慢は体に悪いって話だ」

「お前は我慢し過ぎだからなぁ。っていうか、格好つけ過ぎ。もっと気楽に生きればいいのにな。俺みたいに」

料理をかきこむように食べながら、ヒューは親指で自分のことを指差した。

「……いや、お前のようには生きたくない」

ヒューはガサツで大食いだが、まあまあ整った顔立ちをしているのと、騎士団長補佐という肩書きのおかげで女性に好意を持たれることが多い。

けれど、ヒューは女性と付き合ってもすぐに振られてしまうのだ。男から見れば気のいい兄貴分であるヒューだが、女性にしてみれば、彼の豪快さが無神経で乱暴に思えるらしい。

ヒューは、今いる場所がどこであろうとまったく構わずに、大きな声で笑い、落ち込み、怒る。そんな人の目を気にしない彼のことは羨ましいと思うが、彼のようになりたいとは少しも思わない。

「何だよ。そんな残念なものを見るような目で俺を見るなよ」

やはりヒューには繊細な感情の機微は分からないか……という気持ちで見ていたのだが、

彼はクラウスの視線の意味をある程度悟ったらしい。人の表情から感情を読み取ることが苦手な彼にしては上出来だ。

「お前に男女の駆け引きの相談をしても意味ないか……」

クラウスが大袈裟《おおげさ》に首を竦めてみせると、ヒューは眉を寄せた。

「俺にだって駆け引きくらいできるぞ。戦術の、だけど」

「だろうな。いいんだ。焦らされるのもちょっと楽しくなってきたし」

ふと遠い目をして言うクラウスに、ヒューは訳が分からないという顔をする。しかし昼食をすべて胃に流し込み終わった頃には、クラウスとの会話などすっかり忘れたように豪快に笑った。

「何にせよ、飯さえ食えば元気になるぞ。皆で食えば楽しいし、ますます仲が深まる。悩んでる暇があったら飯を食え、クラウス！」

ヒューはクラウスの肩をバンバンと叩きながら言う。

その痛みに顔を顰めながらも、クラウスはその言葉に、なるほど……と手を打った。

❀　❀　❀

想像を超える刺激に不覚にも動揺し、クラウスの屋敷から逃げるように帰ってしまった日から何度目かの練習日。

あれからは落ち着いて母直伝の焦らし作戦を実行していたアイルは、その日もキスと愛撫以上には進まず練習を終了した。

そして、不満そうにしているクラウスを宥めるように軽くキスを落として立ち上がる。

するとその腕をクラウスが摑んだ。

「アイル、今日は君を晩餐《ばんさん》に招待したいんだ」

初めての誘いに、アイルは戸惑った。

「でも、お兄様が待っていますので……」

「君の家には使いを出して知らせるよ」

だから一緒に、とクラウスはアイルの手を取って誘う。

父母は忙しいのであまり食事を一緒にしたことはなく、アイルはいつも兄と二人で野菜中心の食卓を囲んでいた。アイルの帰りが遅い時はアーヴェルが食事の用意をしてくれる。

アイルは少し考えてから、クラウスの手を握った。

「残ったら持ち帰ってもいいですか？　お兄様に食べさせたいので」

そんなことを言えば普通の貴族なら軽蔑した顔を見せるだろうが、クラウスは優しい笑みを浮かべて頷いてくれた。

「アーヴェルの分も用意するから、それを持って帰るといいよ」

なんていい人なのだろう。

兄のことまで考えてくれるクラウスに、アイルは深く頭を下げる。

「ありがとうございます、クラウス様」

「とんでもない。一人で食事するのもつまらなくなってきたから、アイルに付き合ってもらいたいんだ。これは俺のわがままだから、礼を言われることじゃないよ」

クラウスの言葉どおり、晩餐は広い食堂で二人きりで行われた。

二人しかいないというのに、テーブルが長い。とにかく長い。どこでもいいから座ってと言うクラウスの言葉に少し悩んだアイルだったが主人席に座っているクラウスから少し離れた席に座った。声が届く距離にいないと一緒に食事をする意味がないからだ。

クラウスはいつも、こんなに広い部屋で一人で寂しく食事をしているのか。そう思ったら、アイルまで寂しい気持ちになった。

そんなアイルの気持ちを察したのか、彼は、「本邸から別邸に越して来てしばらくは悠々自適な生活が楽しかったけど、最近は少し侘《わ》びしくなってきた」と言って笑った。

　季節野菜のサラダ、あっさり味のスープ、何の肉か分からないが肉汁がたっぷりの柔らかい肉料理、ふんわり柔らかなパンなど。ビオルカーティ家では滅多にお目にかかれない豪華な料理が食卓に並んだ。

　下品にならない程度にもりもりと料理を口に詰め込みながら、アイルはクラウスの他愛のない話に相槌を打つ。

　そして横目でさり気なく、彼の様子を窺っていた。彼は豆類はすべて肉と一緒に口に入れ、乳製品を食べる時には無言になる。

「クラウス様は豆と乳製品がお嫌いなのですね」

　アイルが指摘すると、クラウスは目を見開いた。

「そんなことはない。俺に嫌いなものなんてあるわけがないだろう」

　否定するクラウスをアイルはじっと見つめる。しばらく沈黙が続いた後、彼は観念したように視線を逸らした。

「……なぜ分かる？」

「見ていれば分かります。兄も同じようにして嫌いなものを食べていますから」

　特に苦味がある野菜が嫌いなアーヴェルは、いつもそれをチーズと一緒に口に入れるか、牛乳で流し込んでいるのだ。

アイルの言葉に、クラウスは小さく苦笑した。

「体が受け付けないということは、食べなくても支障がないものだと思っている。けど、好き嫌いなんて子供のようなことはできないだろう」

「そうですね」

アイルは食べられて栄養が摂れれば何でもいいと思っているので、体が受け付けない食べ物などない。何でも食べなければ倒れてしまうほどに困窮《こんきゅう》している生活状況なのだ。好き嫌いなど言っていられるのは、贅沢以外の何ものでもないと思っている。

けれどクラウスが好き嫌いをしているという話は聞いたことがないので、彼はいつもこうして平然とした顔で嫌いなものを食べてきたのだろう。もし彼が嫌いな食べ物を避けている姿を見たら、女性たちが噂話にしないわけがないのだ。それだけクラウス・ダークベルクという男は女性たちの注目の的なのである。

もしクラウスの好き嫌いが分かれば、彼女たちはその一つひとつの食材をしっかりと書き留めておくに違いない。彼女たちはクラウスの妻になるのを夢見ているのだ。そこはぬかりないだろう。

「君は、好き嫌いや味なんて気にしないでたくさん食べるんだな」

黙々と食べ続けるアイルに、クラウスは意外そうな顔を向けた。

アイルはよく食が細そうだと言われるが、食べるものがあればいくらでも食べられる胃袋を持っている。栄養を摂れる時に摂らないと生き残れないと胃袋も分かっているのだろう。

「味は二の次ですよ。栄養のあるものが好きです。あ、これ、持ち帰ってもいいですか？お兄様に食べさせたいので」

「君は口を開けばアーヴェルのことばかりだな」

面白くなさそうにクラウスは目を細めた。アイルはなぜクラウスがそんな表情をするのか不思議に思い、首を傾げる。

「私にはお兄様しかいませんから」

特に何の感慨もなく言って、デザートのケーキを半分口に放り込むと、視界の端に、クラウスの眉間に深い皺が寄るのが見えた。

「どうかしましたか？」

口の中のものを飲み込んでからクラウスを見ると、彼は何かを言いたげに口を開いたが、結局何も言わずにじっとアイルを見つめた。そしてふいに笑みを浮かべ、視線を料理に向ける。

「随分と仲が良い兄妹だな」

紳士的な笑顔なのに、怒っているかのような強い口調だった。クラウスがまとう空気の温度が下がった気がしたが、彼を怒らせるようなことを言ったつもりはない。

アイルはクラウスの変化に戸惑いながらも、自分の立場を告げる。

「私はお兄様のために生まれてきたのです」

「アーヴェルのために生まれた？」

少し低い声でクラウスが繰り返した。アイルがうなずくと、クラウスは眉間の皺を更に深くする。

「それはどういう意味だ？」

「そのままの意味です。私はお兄様のために生きているのです」

「そんなの、おかしいだろう！」

語気を荒げたクラウスは、弾かれたように顔を上げた。アイルは彼の言動の意味が分からず、きょとんと首を傾げる。

「生まれた時から、ずっとそう言い聞かされてきました」

だからおかしいとは思いません。そう告げると、クラウスは険しい表情を消した。そして何も言わずに、哀れむような目でアイルを見る。

その後クラウスが黙りこんでしまったので、その視線の意味が分からないまま、晩餐の後アイルは彼の屋敷を出たのだった。

第三章

使用人が扉越しにアイルの来訪を告げてきて、クラウスは読んでいた数冊の本を慌てて本棚に押し込んだ。

それは性行為のありとあらゆる情報が載っている専門書で、女性との接し方を学ぶ入門編から技術的なことが書いてある実践編まで揃っている優れものである。

愛読書として毎日のように読み込んでいるそれは、性行為のことを記しているとは思えない、小難しい専門書のような装丁だった。極秘ルートで手に入れた希少な本であるため、この本の内容を知る人間は少ない。だからそのまま本棚に収めていてもあまり違和感はない。そこが気に入っていた。

他にもそういう内容の本を所持しているが、それらは皆いかにもな絵が描かれてあるので、丈夫な紙で覆って表紙を隠さなければならなかった。

完璧であるはずのクラウスがそんなものを持っていると知られたら、超越的存在から一般人に格下げされてしまう。今まで陰で必死に努力をしてきてようやく得た評価だ。何が何でも守らなければならない。

　クラウスは大きく深呼吸をすると、アイルを迎え入れるために顔に笑みを張り付けた。そうしないと落ち着かない気持ちになるのだ。

　アーヴェルのために生まれた。アイルが言ったその言葉がふいに脳裏に浮かんで、クラウスは慌ててそれを振り払う。

　そんなことは気にしていない。気になんてなるものか。

　アイルがアーヴェルのことしか考えていなくても、アーヴェルのことだけを想って生きていても、クラウスが気にすることではない。

　こうして落ち着かない気持ちになっているのは、練習という名の性行為を想像してのことだ。他に理由などない。そう自分に言い聞かせ、クラウスは無理やりアーヴェルのことを頭から追い出す。

　アイルとの行為は、クラウスにとって何もかもが初めてだった。

　しかし、キスも、抱擁も、愛撫も、常日頃から懸命に脳内訓練を行っていたため、なかなかうまくできていると思う。

　いつも中断されてしまうが、アイルに甘い声を上げさせることができているし、最近では彼女が感じているのを眺める余裕もできた。

やはりクラウスはやればできる人間なのだ。改めて自分の有能さを確信したクラウスは、自信を取り戻す。

やはり俺は完璧だ。そう己を鼓舞して扉を開けた。

「やあ。よく来たね」

得意の紳士的な笑みでアイルを招き入れる。

この笑顔を向けると、たいていの女性は一瞬にしてクラウスの虜になる。……はずなのに、アイルは無表情で挨拶を返した。

普通の女性ならば頬を染めるような完璧な笑顔のはずなのに、なぜかアイルには通じない。パーティーで初めて話をした時から思っていたが、アイルは他の女性とはまったく違った反応をする。

クラウスが〝いい男〟の振る舞いをしても冷めた目でそれを見つめ、笑顔を振り撒けば無表情が返ってくる。

しかし、彼女に調子を崩されて情けない素の部分が出てしまった時だけは、いい顔を見せてくれる。

女性というものは、もしもクラウスが情けないところなど見せようものなら、見なかったふりをして視線を逸らすか、がっかりしたように愛想をつかすかのどちらかだと思っていたが、アイルは違うらしい。

昨夜の晩餐の時もそうだ。アイルはあっさりとクラウスの嫌いな食べ物を見破った。完璧人間である自分に嫌いなものがあると知られたくなくて必死に隠してきて、今まで誰にもばれなかったのに、彼女は一度一緒に食事をしただけでそれを言い当てたのだ。

しかもクラウスの食べ物の好き嫌いを指摘しておきながら、彼女はそれを笑うでも馬鹿にするでもなく、何でもないことのように流した。

アイルは不思議な女性だ。

噂を聞いた限りでは、男を誘惑する術に長けている高飛車な女性だと思っていたが、そんなところはまったくなく、クラウスが今まで接してきた女性たちの中で一番飾り気のない性格をしていると思う。

昔から尊敬や嫉妬や好意という様々な視線を人より多く向けられてきたクラウスは、他人が向ける視線の意味が分かってしまうようになっていた。

女性は皆、色目を使って気を引こうとしてくるが、アイルはクラウスを観察しているような冷めた目で見てくるのだ。彼女は、クラウスの動作、言葉、瞳の奥の本音のすべてを注視している。

クラウス・ダークベルクという人間を採点するような、そんな冷静な目をしているアイルに、クラウスは興味が湧いた。

クラウスにとってのアイルは、はっきりとものを言うが危機管理能力が欠如していて、ふわふわと風にのって漂う綿毛のように、摑もうとするとするりとすり抜けて飛んでいってしまうような儚い存在だった。

自分のことをまるで物のように言う彼女を放っておけないと思った。

しかしこれは恋ではない。言うなれば、珍獣を愛でているような心持ちだ。……と思う。

クラウスは落ち着かない気持ちを悟られないように、精一杯優雅な動作でアイルと並んでソファーに座った。そして特に中身のない雑談をし、使用人の用意した焼き菓子をすすめる。

「今日は言わないのですか？」

焼き菓子をすべて胃の中に収め、紅茶で喉を潤してからアイルは言った。

「何を？」

クラウスが怪訝な顔をすると、アイルは小さく笑う。

「先に進んでもいいか？　とそろそろおっしゃるかと思ったんですけど」

今までの流れから、アイルはそう予想していたらしい。それを聞いてクラウスは、なぜかそういう気持ちにならない自分に気がついた。

「今日は……何もしなくていい」

「え？」

ぽつりと言った言葉に、アイルが目を丸くした。

言葉にしてみて初めて、クラウスは自分の気持ちを知る。

「そういう気分じゃないんだ」

「それなら、私は帰ったほうがいいですね」

練習をしないのならば用はないとばかりに、アイルは腰を上げようとする。クラウスは慌ててアイルの肩を摑んだ。

「駄目だ」

強い口調で引き止めるクラウスに、アイルは驚きの表情を向ける。いつもと違うクラウスの様子に戸惑っているのだろう。アイルの瞳が大きく揺れた。

「今日は、こうしてくっついていたいんだ」

きっと今自分は、いつもの笑みを作れていない。余裕のない表情を見られたくなくて、クラウスはアイルを抱き寄せ、彼女の顔を自分の胸に押し当てた。

❀❀❀

様子がおかしいクラウスに戸惑いつつ、抱き合ってぼんやりと時を過ごした後、アイルは今日も彼の屋敷で夕食をともにした。

特にいつもと変わりないようなクラウスの軽快な喋りに相槌を打ちながら食事を進めていると、突然、食堂の扉が開いた。

「クラウス、たまには家に帰って来……い？」

言いながら入って来たのは、クラウスによく似た男だった。クラウスの未来像と言えばいいのだろうか、彼が年をとったらきっとこうなるだろうという容姿をしている。

男の言葉が不自然に途切れたのは、彼がアイルを見て、おや？　という顔をしたからだ。

「父さん、不躾《ぶしつけ》ですよ」

ナプキンで口元を拭いながら、クラウスは男を軽く睨む。そしてアイルに笑みを向けると、男を手で示してひどく簡単な紹介をした。

「アイル、父のライだ」

なるほど。そっくりだ。

合点がいったアイルは、ナイフとフォークを置いて立ち上がり、クラウスの父に淑女の礼をとる。

「はじめまして、ダークベルク伯爵。アイル・ビオルカーティと申します」

アイルの挨拶にライは笑顔で頷き、懐かしそうに目を細めた。

「お母さんにそっくりだね」

思いがけない言葉に、アイルは動きを止める。

「母をご存知なのですか？」

問うと、ライはそれには答えずに意味ありげに微笑んでから、クラウスに視線を移した。

「二人は、恋人関係？」

その言葉にクラウスは口を噤む。そしてちらりとアイルを見た。

困ったような彼の視線を受け止めながら、アイルは考える。

二人はいったいどんな関係なのだろうか。それはアイルにも分からない。ただ、恋人同士ではないことは確かだった。肌を触れ合わせても、お互いに想い想われている間柄ではない。

「見つめ合ってどうしたんだ？　何か訳ありなのかな？　喧嘩中とか？」

黙りこんでしまったアイルたちを見て、ライはそう言って笑った。

場を和ませようとしてくれたのだと理解はしているが、それに合わせて笑うことができなかった。

今まであまり深く考えていなかったくせに、二人の関係を表す言葉が出てこないことにショックを受けている自分がいる。

彼を利用するために近づいたというのに、なぜショックを受けるのだろうか。

恋人じゃないから？

それとも、嘘でも恋人だと言ってもらえなかったから？

……分からない。

アイルは、自分の気持ちが分からなかった。

❀　❀　❀

「よお、クラウス」

仕事帰り、黙々と道を歩いていたら、突然後ろから小突かれた。全力で突かれたわけではないが、ぼんやりしていたために二、三歩よろけてしまう。

「何をするんだ」

簡単に後ろをとられた自分を恥じながら、クラウスは小突いてきたヒューを睨んだ。

「ぼーっと歩いてるから悪いんだろ。いつもなら触れる前に回し蹴りで反撃してくるのに……。どうかしたのか？」

ん？　と顔を覗き込んでくるヒューは、心配しているというよりは面白がっているような顔をしている。

クラウスは素っ気無く彼から視線を逸らし、再び足早に歩き出した。

自分でもおかしいと思うくらい、ずっとアイルのことを考えている。

しかしそれをヒューに言う気にはなれず黙りこんだ。

そんなクラウスの様子を見て、ヒューは思った以上に深刻だと気づいたらしい。今度は真面目な表情でクラウスの肩を摑んだ。

「悩み事があるなら聞くぞ。飲みにでも行くか？　お前の奢《おご》りで」

最後の一言が余計だ。クラウスは横目でヒューを睨む。

「なんで俺の奢りなんだ。こういう時は、お前の奢りだろ」

「それがな、今俺は、剣の手入れ用具が買えないほど困窮していてな」

ヒューは財布を取り出し、その中身を見せながら言った。クラウスは空っぽのそれに眉を寄せる。

「なんでだよ？」

騎士団長補佐という役職に就いているヒューは、部下を連れて飲みに行くことも多い。だからいつもはある程度の金を持ち歩いていることをクラウスは知っていた。それなのに今日の彼はまったく持っていないらしい。

「メイリーに貢ぎ過ぎた」

恥ずかしげもなく堂々と打ち明けるヒューは、言葉の内容は残念なのになんだか男らしい。

しかしその直後、がっくりと項垂れた彼は、

「彼女は美人だろ？　しかも知的なんだ。だから振られたくなくて相当貢いだんだよ。でも結局振られて、自棄酒をし過ぎてさ、行きつけの飲み屋に入れてもらえなくなった……。そのせいで最近は飲みにも行けない。……俺って可哀想だよな」

と情けない事情を暴露した。

それを見てクラウスは、彼を男らしいと一瞬でも思ってしまった自分を悔やんだ。だら

しがない奴だ。

けれど彼の言葉にふと思いついたことがあり、クラウスは親指を立てて街の方角を指し、ヒューに言った。

「少し買い物に付き合え」

「あ？　いいけど……」

その後はお前の奢りで飲みに行こうぜ、と満面の笑みを浮かべてついて来るヒューに、クラウスは溜め息を吐きながらうなずく。

そして二人は、街へと向かって歩き出した。

❀❀❀

翌日。

クラウスは、そわそわと落ち着きなく部屋の中を歩き回っていた。

あまりにも落ち着かず、気を静めようと、室内であるにもかかわらず剣の素振りまで始めてしまう。汗が滲み、ほどよく疲れてきた頃、来客を告げる声が聞こえた。

クラウスは軽く汗を拭くと、強張りそうになる顔を懸命に笑みへと変える。

「ごきげんよう、クラウス様」

扉を開けて入って来たアイルは、いつものようにスカートを摘んで挨拶をした。

父が突然やって来て二人の関係を訊いてきた時、その場が気まずい雰囲気に包まれた。クラウスは何も答えることができず、アイルも口を開かなかった。そしてそんなぎくしゃくとした雰囲気のまま、アイルは帰って行ったのだ。

あの時、クラウスは二人の関係を改めて考えた。恋人ではなく、だからといって友人ではない。体は触れ合っていても、心はちっとも触れ合っていないことに、あの時初めて気づいたのだ。

だから、これからは心の距離を縮めていこうと決めた。まず心を通わせて、そこから新しい関係を作ればいい。そう思ったから、昨日ヒューと街へ出たのだ。

「ああ。よく来たね」

クラウスはなるべく平静を装って彼女をソファーへと促した。そしていつものように並んで座ると、ポケットから小箱を取り出す。

「アイル、これを君に」

差し出した小箱を、アイルは不思議そうに見つめた。首を傾げながら受け取り、蓋を開けて中のものを取り出す。

「いつもこんなことに付き合ってもらっているお礼だよ」

アイルの手の中にあるのは花の形をした髪飾りだった。今日はそれを贈るつもりだったため、クラウスは朝からそわそわしていたのだ。

自分で選んだものを女性に贈るのは初めてなので、もし気に入られなかったらどうしようという不安もあった。

しかしアイルは大きく目を見開いて髪飾りを見下ろしてから、ゆっくりと顔を上げてほころぶような笑みを浮かべた。

「ありがとうございます、クラウス様」

それは心から喜んでいると分かる、子供のように無邪気な笑顔だった。

その表情に、クラウスの心臓は大きく跳ね上がった。鼓動が速くなり、息苦しくなる。血液が一気に上昇してくるのを感じ、慌ててアイルから視線を外した。

「喜んでくれて良かった」

本当は飛び上がって喜びたいのに、素っ気無い口調になってしまう。

「クラウス様、つけてください」

髪飾りをクラウスに手渡し、アイルは顔を傾けた。まさかそんなおねだりをされると思っていなかったクラウスは、一瞬狼狽《ろうばい》した。しかしすぐさま我に返って自分に活《かつ》を入れ、アイルの髪に飾りをつける。

「似合うよ」

小花がいくつも密集した作りのそれは、想像していた以上に彼女に似合っていた。素直に感想をのべると、アイルは耳の上にある髪飾りに手を当て、嬉しそうに微笑む。そして少しだけ恥ずかしそうに、ちらりと寝室へと続く扉を見た。

「今日は、あちらに行きますか？」

それはあからさまな誘いだった。行きましょう、と言っているのだ。

クラウスも、アイルの笑顔を見た瞬間から早く彼女に触れたいと思っていたので、もちろん、と大きくうなずく。

二人は手を取り合ってソファーから立ち上がり、寝室へと足を向けた。

――しかし。次の瞬間、突然大きな音を立てて扉が開く。数歩進んだところで足を止めざるを得なくなった。

「来たぞ～」

緊張感のない声とともに、廊下から一人の男が姿を見せる。

勝手知ったる他人の家とはこのことだ。遠慮という言葉をまったく知らない様子で入って来たのはヒューだった。

彼は褐色の髪に手を差し込んで頭をかきながら、大きなあくびをしている。眠そうに細められたその青い瞳は、しかしアイルの姿をとらえた途端に丸くなった。

「あれ？　もしかして、アイル・ビオルカーティ？」

「はい」

失礼にも指をさされたというのに、アイルは嫌な顔もせずに頷いた。

するとヒューは、自分の無作法に気づいたのか慌ててその手を胸に当て、人懐っこい笑みを浮かべた。

「俺は、ヒュー・グレイヴス」

自己紹介をする声がいつもより気取っていると感じるのは気のせいではないだろう。

ヒューは必要もないのにアイルに握手を求めた。

彼は普段は男相手でもあまり握手をしない。だから、ただ彼女に触りたいという魂胆が丸見えだった。

「存じております。ヒュー様とクラウス様はお二人揃って有名ですから」

ヒューの手を軽く握ってすぐに離したアイルに、クラウスは心の中で、よし。と頷いていた。彼女に触れていいのは自分だけ、と少なからず思ってしまっている。こんな気持ちをアイルに知られたら、冷たく睨まれそうな気がするが。

そんな一喜一憂をなるべく顔には出さないようにしているクラウスをちらりと横目で見たヒューは、顎に手を当てて首を傾げた。

「え？　本当に？　〝完璧なクラウス様〟と一緒にいるからかな」

「いえ、ヒュー様が若くして騎士団長補佐になられたからです。大変優秀な方だと女性たちが噂をしていましたよ」

それを聞いたヒューは気取るのはやめにしたのか、満面の笑みを浮かべて勢いよく両腕を突き上げた。

「やった！　俺の時代がきた～！」

今まで数えきれないほど愛の告白をされて、その中の何人かと付き合ってきたくせに、何がそんなに嬉しいのか、少年のように瞳を輝かせてこちらを振り返ったヒューに、クラウスは生温かい視線を向ける。

「ああ、そうだな。お前の時代だ。控えめと見せかけて実は強引な女性たちの求愛攻撃を、これからはお前が一身に受けるんだ。それは素晴らしいことだな」

そういう女性はもうこりごりだよ、とクラウスが肩を竦めると、ヒューは眉間に深い皺を寄せた。

「何だよ。それは自慢か？　自分は常に強引なお誘いを受けてますって言いたいのか？　羨ましいな、おい」

「事実だから仕方がない」

自慢ではなく本気の悩みなのだ。しかしヒューには自慢にしか聞こえないらしい。

「そうだな。男前で優秀なクラウス様は、国で一、二を争うほどのモテ男だからな。ちくしょう。俺も、俺を取り合っている淑女たちに『皆さん、私のために争わないでください。女性は笑顔が一番美しいですよ』とか言いたいなぁ」

それは以前、気性の荒い女性が多く揃ってしまったパーティーで、クラウスとダンスをする権利をめぐって彼女たちが取っ組み合いの喧嘩を始めそうになった時に、とっておきの笑顔を作ったクラウスが言った言葉だった。

その後彼女たちは、クラウスに嫌われるのを恐れ、皆一様に笑みを張り付けた。水面下で牽制し合いながらも笑顔でいる集団は不自然過ぎて異様に目立っていたと、ヒューが笑いながら語っていたのを思い出した。

クラウスにとってはうんざりな出来事だったが、ヒューは羨ましく思っていたらしい。奇特なやつだ。

「それはそうと、お前は何をしに来たんだ？」

立ち話も何だからと、クラウスはさり気なくアイルの背に手を添えて、ソファーに腰を下ろすように促す。それを見咎めたらしいヒューは、乱暴に向かい側のソファーに座った。

「最近やけにお前の機嫌がいいと思ったら、そういうことかよ」

ヒューは質問には答えず、並んで座るクラウスとアイルを半眼で見つめて口を尖らせた。

「何？　いつの間に付き合ってたの？　なんで話してくれなかったんだよ？」

俺たち親友じゃなかったか？　とヒューが問い詰めてくる。

彼はクラウスの自尊心の高さも事情も知っている人間だ。だからといって、アイルから性の指南を受けているなんて言えない。同じ男として、そんな情けないことは絶対に言いたくなかった。

「まあ、なんて言うか……いろいろあったんだ」

言葉を濁すクラウスに、ヒューは胡乱《うろん》な視線を向けてくる。

ヒューが相手だとどうにもいつもの調子が出ない。どうでもいい相手になら涼しい顔で嘘を吐けるのに、彼にはそれができなかった。

すると、口ごもるクラウスを庇うようにアイルが言った。

「恥ずかしいから誰にも言わないでくださいと、私がお願いしたんです」

「あ～、そうだったんだ」

アイルの言葉だからか、ヒューはやけに素直に頷いた。もしクラウスが同じことを言っても小言が返ってくるだけだっただろう。

クラウスは、隣で姿勢よく座っているアイルを盗み見る。

アイルが二人の関係を否定しなかったことに安堵した。父の時のように何も言わずに黙りこむかと思ったのだ。

それか、はっきりとものを言う彼女のことだから、

「クラウス様とはそんな関係ではありません」

と否定する可能性もあると思っていた。確かにクラウスとアイルは恋人ではないが、その言葉は聞きたくなかった。

「あれ？　ってことは……クラウス、お前、脱童て」

「ヒュー！　用事があって来たんじゃないのか？」

脱童貞。そう言おうとしたのであろうヒューの言葉を、クラウスは慌てて遮った。

下手くそだとのたまったアイルだから最初の一夜でとっくに気づいていたかもしれないが、クラウスは彼女に童貞だったという宣言はしていない。

アイルとのあの一夜で脱童貞したのだろうが、その時のことをまったく覚えていないの

だ。だからクラウスは、心も体もまだ純潔気分なのである。

そんな中、毎日必死に非童貞だという態度を装っているというのに、ヒューのうっかり発言で今までの努力を水の泡にされてはたまらない。それだけは阻止しなければならなかった。

「ああ、用事な。最近お前、仕事が終わるとさっさと帰るようになっただろ。同僚たちが、お前に恋人ができたんじゃないかなんてありえないことを言ってたから、とりあえずの確認と、その噂を笑い飛ばすために来た」

そしたらさぁ……とヒューは髪の毛を荒々しくかき混ぜながら言葉を続ける。

「本当に恋人ができてたってわけだ。笑う準備は万端だったのに……。気勢をそがれた俺はどうしたらいいんだ？」

「その熱意を仕事に向ければいいと思う」

即座に答えたクラウスに、ヒューはぐっと拳を握ってテーブルを叩いた。

「ばかやろう！　俺の熱意は人をからかうためにあるんだ！」

「それは胸を張って言うことじゃないぞ」

「この不完全燃焼をどうしたらいい？　欲求不満で、取り締まった猥褻《ひわい》本を読み漁ってしまいそうだ」

「やめておけ。また団長にしめられるぞ」

「そうだな。それなら、お前たちの馴れ初めでも聞いて欲求不満を解消しようか」

猥褻本がどうとか言っていたくせに、いきなり真面目な顔になってそんなことを言い出したヒューに、クラウスはしかめ面になる。

「なぜそうなる？」

「いや、だから、お前はどうやってアイルちゃんとやっちゃっ」

「気安く呼ぶな、ヒュー」

「あなた様はどうやってアイルちゃんと性行為に及ん」

「俺のことじゃない」

「お前は、どんな神業を使ってアイルちゃんほどの美人と濃密な時間を」

「ちゃん付けが図々しいと言っているんだ」

「だから、どうやってそんな幸運が降って湧いたか聞い」

「低俗だぞ、ヒュー」

「こんな美人とできて羨ましいことこの上ないと俺は思っている」

すべてを言わせることなく遮り続けるクラウスは、アイルとのことを白状する気はない。

それが分かったのか、ヒューは二人の馴れ初めを聞くことを諦め、素直な感想を口にした。

そんなヒューにクラウスは、それでいい、と頷いてみせる。するとヒューは、

「さっそく彼女自慢かよ。お前がそんなやつだったなんて初めて知った」

と、ふてくされたように悪態をついた。

どうやら彼は、クラウスが〝美人と付き合えて羨ましいだろう〟という意味で頷いたと思っているらしい。

親友という立場であるのに、ヒューとは目と目で会話ができない。彼は早とちりしやすい性質なのだ。

誤解したままのヒューは軽くクラウスを睨んだ後、アイルに視線を移した。

「アイルちゃんはさ」

何が何でもちゃん付けで呼ぶつもりらしい。ヒューはまるで以前から友人だったかのように、アイルに話しかけた。

「今までクラウスには声をかけなかったよね？　どうして気が変わったの？」

クラウスがアイルとまだ出会っていない頃、彼女が様々な男に声をかけていると話していたのはヒューだ。そして確かにあのパーティーまで、彼女はクラウスには一切話しかけてこなかった。

実はクラウスは、優秀で将来有望な自分がアイルのお眼鏡に適わないことを密かに気に

していたのだ。ヒューはそれを知っていたから、そんな質問をしたのだろう。

「困っていたところをクラウス様に助けていただいたのです。それをきっかけに親しくなりました」

アイルが答えると、ヒューはクラウスを横目で睨む。

「おいおい。聞いてないぞ、そんなこと」

「悪かった」

心のこもっていない形だけの謝罪に、ヒューの目はますます細くなる。

「さてはお前……アイルちゃんを独り占めしたくて黙ってたな」

独り占めではなく、泥酔しておいしくいただいちゃったのはいいけど、その感想が『下手くそ』だったと言いたくなかっただけだ。その汚名を返上するまではヒューに知られたくなかったというのが本音である。

そんなことは言えずに、クラウスはただ黙って微笑む。すると、ヒューの誤解は更に加速した。

「だよな。だよな。こんなに素晴らしい体型のアイルちゃんとのあんなことやこんなことは、心の宝箱にしまい込みたいもんな！　それは分かる！　俺だってお前の立場だったらそう考えるさ！　恋人の痴態を他の男に教えたくない！」

興奮したようにソファーから立ち上がったヒューは、両手の拳を握り締めて力説した。

言いたいことはなんとなく分かる。クラウスだって、アイルの痴態を他の男に教える気はさらさらない。

「この屋敷のいろんなところでやったのか！　紳士面して変態的な行為までしちゃったんだろ、お前！」

「……お前は俺をどういう人間だと思っているんだ」

「真面目なやつほど倒錯《とうさく》的なことが好きなんだ！　縛ったり、詰《なじ》ったり、嫌がることを強制したりして！」

「お前はそういうのが好きなのか？」

「そして追い詰められたアイルちゃんは、無理やりいやらしい言葉を言わされるんだ……アイルちゃんは泣きながらあんなことこんなことを……」

もはやクラウスの言葉が耳に入っていないのか、妄想の世界に旅立ってしまったらしいヒューは、俯いて一点を見つめたままブツブツと呟き始めた。

「妄想するな。お前の妄想は気持ち悪い」

冷たく言い放つと、ヒューは勢いよく顔を上げてぎろりとクラウスを睨んだ。そして突然、クラウスに飛びかかってくる。

騎士団長補佐であるヒューが本気で摑みかかってきたら、元騎士団のクラウスとてそう簡単に振りほどくことはできない。ヒューはクラウスの頭をもぎ取る勢いでがくがくと揺さ振った。

「くそ！　見せろ！　お前の頭の中！　アイルちゃんの痴態を俺にも拝ませてくれ！」

「触るな！　俺の記憶が穢《けが》れるだろうが！」

必死にヒューの腕を外そうともがくが、びくともしない。それでも何とか隙をついてクラウスは彼の腕から抜け出した。

妄想で白熱して襲い掛かってくるような男に力で負けるなんて、クラウスの自尊心が許さなかったのだ。

「逃げるな、クラウス！」

「触るな！　変態！」

それでも執拗にクラウスを捕まえようとするヒューに、クラウスは逆にヒューの胸倉を摑むことで牽制する。そうして真剣にやりあっていると、クスクス……と小さな笑い声が聞こえてきた。

二人は動きを止めて声のほうを見やる。すると視線の先で、アイルが口元に手を当てて楽しそうに笑っていた。

「お二人とも、子供みたいです」

笑いながらアイルが言った。きっと悪気はない素直な感想なのだろう。しかしクラウスは、精神的打撃を受けた。

子供……。完璧な紳士だと称えられている俺が、子供……？

がっくりと項垂れるクラウスの隣で、ヒューは指で頬をかきながら照れている。子供だと言われてちょっと嬉しそうだ。

この男には紳士としての誇りはないのだろうか。クラウスがそう思って呆れた目で見ていると、ヒューは何かに気づいたように声を上げた。

「あれ？」

クラウスはすぐにヒューの視線を辿る。彼が凝視しているのはアイルの髪飾りだった。彼女が笑ったからか、さらりと髪が揺れて、クラウスが贈った髪飾りの全体が見えていた。ヒューの視線はそれに釘付けになっている。

「その髪飾り……アイルちゃんへの贈り物だったんだな。俺はてっきり……いや、その……」

ヒューが言葉を濁したのは、アイルへの配慮だろう。彼はその髪飾りの行き先を勘違いしていたことに、今やっと気づいたらしい。

髪飾りを買う時、オリヴィアへの贈り物を選んでいるとヒューが誤解しているのは気づいていた。けれど敢えて否定はしなかったのだ。

アイルのイメージで選べば、華やかな薔薇の花だと大半の人間は言うだろう。けれどクラウスは、小さな花が集まり丸まってお菓子のようにも見えるこのイベリスという花のほうが彼女に合っていると思った。

しかしそれはまさに、オリヴィアにぴったりの花でもあったのだ。だからヒューが誤解しても仕方がない。

しかしクラウスは知っているのだ。アイルは皆が思っているような派手な女性ではない。実際の彼女は、ふわふわとしていて、目を離すと消えてしまいそうだった。その頼りない様子は子供のようで、隙のない外見との差が激しい。しかしそこが彼女の魅力でもあると、今は思う。

クラウスと目が合うと、アイルは大事そうに髪飾りに触れた。するとヒューはにやりと笑い、アイルに向かって言う。

「アイルちゃん、アイルちゃん。こいつ、それを選ぶのに何軒も店を回ったんだぜ」

「ヒュー！」

余計なことは言うな！　とクラウスはヒューを睨んだ。しかしヒューはにやにやと笑って続ける。

「何だよ。何時間も付き合わされて大変だったんだぞ、俺は」

「礼はしただろ」

「ああ、そうだな。剣の手入れ用具買ってくれたな。その後に飲みにも行った」

「何か不満があるのか？」

「別に～」

ヒューは唇を突き出し、何か言いたげにクラウスを見た。しかしそのまま黙ってクラウスとアイルを交互に見た後、にやりと笑い、

「じゃあ、お邪魔虫は退散しますか」

唐突に言って、ソファーから立ち上がる。

「帰るのか？」

まさかこんなにあっさり帰るとは思っていなかったクラウスは、僅かに目を見開いた。

「だって、お前の初めての春だろう。お前の初めて、俺は応援するぞ。なんて言ったって、お前の初めての」

「うるさい。しつこい。早く帰れ」

初めて初めてと連呼するヒューの言葉を遮り、クラウスは彼の背を押して無理やり部屋

から追い出す。

するとヒューは廊下に出た瞬間に、クラウスにだけ聞こえる声で囁いた。

「頑張れよ」

それは、親友の心からの応援だった。それが分かったクラウスは、表情を引き締めて大きくうなずく。

「ああ。俺以上にいい男はいないからな。大丈夫だ」

絶対にアイルに『クラウス様は誰よりも上手！』って言わせてみせるさ。

自信を持ってそう告げると、なぜかヒューは変な顔をした。しかし何も言わずに帰って行く。その大きな背中を見送ってから、クラウスは部屋に戻った。

余計なことを言いやがってと思いはするが、やはり親友だ。クラウスはヒューの言葉に元気と勇気をもらった。

「クラウス様をてこずらせるなんて、さすが実力で騎士団長補佐になった方ですね」

いつものようにアイルの隣に腰を下ろすと、彼女は楽しそうに笑いながら言った。

クラウスをてこずらせるのは、ヒューとアイルだけだ。彼女はその自覚がないようだが、クラウスはずっと振り回されている。

しかしそれを告白するのは癪なので、クラウスは真面目な顔で頷いてみせた。

「ヒューはすごいんだ。爵位なんてなくても、剣の腕だけで今の地位に就いている。ゆくゆくは騎士団長になるだろうな。俺が騎士から文官になったのは、ヒューがいたからなんだ。あいつより上にはいけないと悟ったから、それなら頭脳でのし上がろうと思った」

本人には絶対に言わないが、クラウスはヒューの実力を認めている。きっと彼は騎士としては歴代で一番の成功者になるだろう。

親友を絶賛してしまったのが気恥ずかしかったが、アイルは笑うことなく、眩しそうにクラウスを見た。

「クラウス様は、宰相になるのですね？」

問われて、クラウスは一瞬きょとんとしてしまった。

アイルにその野望を話したことがあったかと疑問に思ったのだ。けれど、文官が目指すものなどだいたい決まっている。だからアイルは簡単にクラウスの野望を言い当てたのだろう。

「なりたいと思っている。いや、きっとなってみせるさ」

宰相になる自信はある。自分にはそれだけの実力があると確信しているのだ。クラウスはアイルの手を取り、将来現実となるであろう夢を語る。

「俺は次男だからな。伯爵家を継ぐのは兄だと決まっている。それなら自分の実力で高位高官になってやる、と思っているんだ。できれば、今の宰相、ヒンシェルウッド侯爵の後ろ盾を得て順調に地位を上げていきたい」

宰相の名前を出した途端、アイルの顔が少しだけ翳ったように見えた。しかしすぐに、にっこりと微笑んで頷いてくれたので、光の加減だったのかと思い直す。

「クラウス様ならなれますよ」

それは、とても心強い言葉だった。

いくら自分に自信があっても、誰かにそう言ってもらえると嬉しい。アイルに言ってもらえれば、本当に近い将来その座に就けそうな気がした。

「今日は……泊まって行ってくれないか？」

離れたくない。そう思ったら、口からそんな言葉が出ていた。

「最後までする気で言っているんじゃないんだ。ただ……一緒にいたいだけだ」

そう。今日はアイルとずっと一緒にいたい。手を繋いでいるだけでもいい。ただ、離れたくなかった。

じっとアイルを見つめて返事を待っていると、僅かに瞳を揺らした彼女は、一度の瞬きの後、小さくうなずく。

「分かりました」

了承してくれたことが嬉しくて、クラウスは弾んだ声ですぐに使用人を呼んだ。性に奔放な貴族が多いので、淑女が家に帰らないのはよくあることだ。しかし、きちんと相手の家に連絡を入れるのが紳士の務めだとクラウスは思っていた。

「君の家には使いを出すよ」

「はい」

よろしくお願いします、とアイルが頭を下げる。ありがとうと頭を下げたいのはこちらのほうだ。

いつも、夕食が終わるとアイルが家に帰ってしまうのが寂しいと感じていた。引き止めたいと思ってもそれを実行することはできず、クラウスは平気なふりをして見送っていた。けれど今夜はそれをしなくていい。ずっと一緒にいられる。それがとても嬉しかった。

そしていつものように一緒に夕食をとった後、アイルはクラウスの寝室へ入ってくると、窓辺に歩み寄った。

「星が綺麗ですね」

窓を開け、そこから空を見上げてアイルは言う。つられて夜空を見上げると、満天の星がクラウスの目に飛び込んできた。

こうして星を見上げるのはいつ以来だろうか。本邸から別邸に来た頃に一人で見た星は物悲しく感じられて、それからあまり見ないようにしていた。

それなのに今は、本邸で見ていた時よりもよりいっそう綺麗に感じた。

アイルと一緒に見ているからだろうか。

「昔、よく木の上から星を眺めていたんです」

「木の上から？」

アイルの意外な告白に、クラウスは驚きの声を上げる。

いつもゆったりとした動作で、どちらかと言えば運動神経が鈍そうなアイルが、木に登るなんて想像ができなかった。

クラウスの考えていることが分かったのか、アイルはふふ…と小さく笑う。

「はい。私、木登りが得意なんです。昔、兄とよく花を摘みに行っていたんですけど、そこに大きな木があって、それに登っては心配されていました。母に叱られるので人前では淑女らしくしていますけど、実はかなりお転婆なんです」

秘密ですよ、と唇に人差し指を押し当ててアイルは微笑んだ。

「一人になりたい時はいつも木に登って、ぼんやりと空を眺めていました」

そう言って、再び視線を空に向ける。同じように星を見上げ、クラウスは小さい頃のアイルを想像した。

小さな少女がするすると木に登り、葉の間から見える星空を眺める。

なぜそこに自分はいなかったのだろう。そんなことを思っても昔に戻ることは不可能なのに、本気でそう思った。

クラウスは、隣で空を見上げているアイルをそっと窺う。

また、だ。

アイルの瞳がずっと遠くを見つめている。儚く、もろい彼女がまた顔を出した。

そのまま何の前触れもなくアイルが消えてしまいそうな気がして、クラウスは思わずアイルの体を抱き締めていた。

「何か困ったことがあれば言って欲しい。俺は、ある程度の願いは叶えてあげられるくらいの甲斐性はあるつもりだよ」

きつく腕の中に閉じ込め、そう懇願する。

アーヴェルのことばかり口にするアイルに、クラウスを頼ってもらいたかった。

アーヴェルではなく、クラウスのことを考えて欲しかった。

まるでこの世に存在しないかのような、今すぐにでも消えてしまいそうな存在でいて欲しくない。

クラウスを頼って、クラウスのために生きればいい。そう思うのは傲慢だろうか。

アイルは何も言わなかった。しかしその瞳は、何か言いたいことがあるのだと語っているように見える。

それを口に出すことができるまで待とうと思った。

無理やり聞き出しても仕方がない。アイルが自ら頼ってくれなければ意味がないのだ。

「そろそろ眠ろうか」

アイルをベッドに誘うと、彼女は素直にクラウスの隣に横になった。しかもクラウスと向かい合うように体を横に向け、視線を合わせてくる。

少し顔を寄せればキスができる距離にアイルがいる。そう意識したとたん、クラウスは彼女を見つめたまま固まった。

あまりに凝視していたからだろう、彼女はきょとんとした顔で首を傾げた。

「どうかしましたか？」

「……いや、なんでもない」

慌てて答え、クラウスは本能に逆らって無理やりアイルから視線を外し、体を仰向けにした。

アイルのこの無防備さは、襲ってくれと言っているようなものだ。しかし彼女の性格を考えると、本当に何の警戒もしていないだけだということは分かる。

一緒にいたいだけだという言葉を信じてくれているのだろう。そう思ったら、嬉しいけれど残念でもあるという複雑な気持ちになった。

クラウスは心の奥底から湧き上がりそうになる邪心を追い払い、目を離すと消えてしまいそうなアイルを抱き締める。

このまま襲ってしまいたいという気持ちはある。けれど、こうして柔らかな体を抱き締めているだけでも、とても安心できるのだと知った。

「おやすみ、アイル」

「おやすみなさい、クラウス様」

額に口付けると、アイルはくすぐったそうに目を閉じた。

穏やかで、温かく、心地良い。

この気持ちは何と言うのだろう。

アイルが自分の腕の中にいる。

それだけで、気持ちが満たされるのを感じた。

第四章

どうしてだろう。

アイルと一緒にいる時は、気を抜いてしまっている自分がいる。

彼女はクラウスの欠点を嘲笑ったりしない。努力する姿を見ても馬鹿にしたりしない。

アイルと一緒にいるのは楽だ。いつの間にか、見栄を張らずに自然体でいられるようになった。

けれど、楽だと感じるのと同じくらい、鼓動が高鳴って苦しい。一緒にいたいと思うのに、一緒にいると落ち着かない。触れたいと思うのに、触れたら震えそうになる。

この気持ちを言葉で表すなら、〝恋〟なのだろう。

大半の人間が経験してきたであろうそれを、クラウスはこの年で初めて自覚した。

アーヴェルのことばかり話すアイルに腹が立ったのも、離れたくないと思ったのも、頼って欲しいと願ったのも、みんなその厄介な感情のせいだったのだ。

アイルに惹かれている。それを認めざるを得ない。

我ながら、なんて甘酸っぱいのかと思う。

二十歳の男が恋に胸を躍らせている。クラウスが完全無欠だと信じている周りの人間がこの状況を知ったら、いったいどう思うだろうか。

しかも相手は、百戦錬磨と言われているアイルだ。経験豊富な彼女に恋をしていると言ったら、遊ばれているのだと鼻で笑うだろうか。それとも、クラウスも普通の男だと親近感を抱いてきたりするのだろうか。

今は、アイルはクラウスだけのものだと思う。

彼女が他の男と一緒にいるという噂は聞かないし、クラウスが仕事の時以外はほとんどの時間をこの屋敷で一緒に過ごしているのだ。アイルの時間を独占しているのはクラウスだと断言してもいいだろう。

このまま、彼女もクラウスを好きになってくれればいい。

最初に一緒に朝を迎えた時、アイルは言っていたではないか。

「結婚してくださるのですか？」

と。だからきっと彼女も、少なからずクラウスのことを想ってくれているはずだ。

あの時には迷ってしまったが、今ならはっきりと言える。

クラウスはアイルと一緒にいたい。宰相の後ろ盾を得るという野望を断念してもいいから、彼女と結婚したいとすら思う。

アイルが好きだ。時々寂しそうな表情をする彼女を強く抱き締めていたい。

そう自覚したら、無性にアイルに会いたくなった。

こんな気持ちのまま彼女の顔を見たら、無様ににやけてしまうだろうか。けれどそれでもいい。得意な作り笑いではなく素の表情を見せても、きっとアイルはいつもと変わらず無表情にも似た感情の乏しい顔でクラウスを見るだろう。

アイルのその顔が早く見たい。

クラウスは、棚の上に置いてある時計に視線を向けた。

今日はアイルが来るのが遅い。

そう思うのは、会いたいという気持ちが盛り上がっているせいではない。この時間にはいつもなら一緒にお茶を飲んでいるはずだからだ。

クラウスはソファーから立ち上がり、うろうろと室内を歩き回った。

そしてふと思いつく。

いつもアイルがクラウスのところに来てばかりだ。家族と一緒に暮らしているアイルの家に押しかけようとは思わないが、たまには迎えに行くのもいいかもしれない。

そうだそうだ。そうしよう。アイルの驚く顔を見るのも一興だしな。うんうん。とてもいいことを思いついた。さすが俺だ。

クラウスは自画自賛すると、意気揚々と自室の扉を開けた。

❀❀❀

「あなたが最近かよっているのは、ダークベルク伯爵家の次男のところだったわね」

クラウスの屋敷へ向かおうと玄関を出たところで、畑にいた母がアイルに近づいて来て突然そう言った。

「はい、そうです」

以前そう伝えたはずだ。なぜそんな確認をしてくるのだろうか。

怪訝に思いながらも、苛々とした様子の母にアイルは首を傾げる。

昨日こっそりアーヴェルと一緒に散歩に出かけたことを怒っているのか。それとも、そこでオリヴィアと偶然会ったのを誰かから伝え聞いたからか。

母の機嫌が悪くなるのは、アーヴェルが絡んだ時だ。だからオリヴィアとのお茶会は母が留守の時にしているのだが、それに気がついたのだろうか。

母はあまりオリヴィアのことをよく思っていないのだ。アーヴェルが彼女のことを想っているのを知っているからだろう。アーヴェルを溺愛している母からすれば、オリヴィアは最愛の息子を自分から奪う悪女に見えるのかもしれない。少々思い込みが激しいところがある母は、オリヴィアの人間性を見ようとしないのだ。

機嫌が悪そうに、母は眉間に僅かな皺を刻みながらアイルと視線を合わせる。

「どう？　その男はあなたの意のままにできそう？」

アイルは自分よりも背の低い母を無言で見下ろした。

アーヴェルとオリヴィアのことで機嫌が悪いわけではないらしい。そのことにほっと息を吐き出す。

しかし、クラウスを意のままにできそうかと訊かれると、それは半々だとしか答えられない。今は順調に二人の仲が近づいているとは思うが、オリヴィアよりもアイルを選んでくれる、とは断言できなかった。

クラウスは後ろ盾を必要としているのだ。だから今でもオリヴィアとの結婚を望んでいるのだと思う。だからきっと、彼は最終的にはアイルを選ばないだろう。

アーヴェルの役に立てればそれでいい。——ずっとそう思ってきたのに、なぜだろう。胸が苦しくなって一瞬呼吸を忘れてしまった。

　黙りこんだアイルに、母は呆れたように溜め息を吐いた。

「男なんて色仕掛けで何とかなるものでしょう。あなたは私に似て容姿だけは文句のつけようがないのだから、さっさとものにしてしまいなさい」

　そう言われても、アイルだって毎日努力はしている。けれど、クラウスは色気だけで陥落するような単純な男性ではないので、そう簡単にものにはできなかった。

「色仕掛けが効かない男なんてごく一部だけよ」

　口を開かないアイルに焦れたのか、母は吐き捨てるようにそう言った。

　その刺々しい口調が気になり、アイルは首を傾げて母を見る。

「効かなかった方がいたのですか？」

「昔、一人だけいたわ」

　言って、母は苦々しい顔になる。

　娘から見ても、母は綺麗だ。年をとっているはずなのに皺が目立つことはなく、透明感のある白い肌は艶やかで、何よりも常に濡れているかのような大きな瞳は異性を惹きつけてやまない武器だと思う。その上、男性を魅了する体型の持ち主なのだ。

今ですらこんなに魅力的な女性なのだから、若い時はさぞ異性に言い寄られただろう。そんな母の色仕掛けが効かない相手がいたと知り、その人物に興味が湧いた。

「お母様は、その方が好きだったのですか？」

こんなことを訊くのは初めてだった。アイルはいつも母の言うことにうなずくことしかしない。だからなのか、彼女は驚いたようにアイルを見た。

「そんなんじゃないわ。ただ、自分の人生はこれでいいのか悩んでいた時だったから、好きだと勘違いしただけ。そのせいでアーヴェルが……」

アイルから視線を外し、母は小さな声で答えた。

「お兄様がどうしたのですか？」

兄の名前が出てきたので、すかさず問いかけると、母ははっとしたように目を見開く。

「何でもないわよ。私は、周りからちやほやされていたあの人をからかおうと思っただけで、本気だったわけじゃないわ。だから別にあの人自身はどうでもいいの。他に思い出したくないことがあるだけよ」

思い出したくないこととは何なのかが気になったが、それ以上に引っかかる部分があった。

母の言葉を聞いて、アイルはふとクラウスを思い出したのだ。アイルが知る中で、周りからちやほやされている人物と言えば彼だったからだ。

そして同時に、クラウスの父、ライと話した時の記憶もよみがえる。

「お母様は、ダークベルク伯爵とお知り合いなのですか？」

ライは母を知っているようだった。だから訊いたのだが、母は途端に憮然《ぶぜん》とした表情になった。

「あなたには関係のないことでしょう」

ぴしゃりと言われ、アイルはそれ以上何も訊けなくなった。

「詮索はしなくていいのよ」

「…………」

再び口を噤んだアイルに言い聞かせるように、母は強い口調でまくしたてる。

「あなたは、伯爵家の次男に取り入ることだけ考えなさい。あそこは優秀な人間が多い分、資産も莫大なの。うまくいけば、アーヴェルの治療費を出してもらえるわ」

「……はい」

「あなたの望みはそれでしょう？」

「はい」

アイルが返事をすると、それでいいのよ、とでも言うように母は頷いた。そして土で汚れた手を布で拭いながら、窺うようにちらりとアイルを見上げる。

「その男は、アーヴェルが治るまで無条件で援助してくれそう？」

「……クラウス様は誠実な方です」

そう答えるのが精一杯だった。

頼ってくれ、とクラウスは言った。だからきっと、彼はアイルの願いを叶えてくれる。

それは分かっていたが、アイルはなぜか母の前でうなずくことができなかった。

クラウスはアイルが『ここまでです』と言えば、下半身が熱くなっていても体を離してくれる理性的な男性だ。アイルが止めればやめると約束し、ずっとそれを守ってくれている。それに、誰にも告げずに孤児院に寄付を続けている。そんな誠実な人なのだ。

だからきっと、願いを叶えると一度約束すれば、それを違えることはないだろうと思う。

しかし、だからこそ、彼にその願いを言い出せないでいた。

「そう。一生アーヴェルの面倒を見てくれる男ならいいわ。何年もかけてやっと見つけた貴重な男なのだから、きちんと篭絡《ろうらく》しなさい。侯爵令嬢にとられないようにね」

「はい」

オリヴィアにクラウスをとられるな。そういう母から、アイルは視線を逸らす。

その自信はアイルにはないからだ。

「あなたがその男に決めたのだから、責任を持ってアーヴェルが最高の治療を受けられるようにもっていくのよ。できるまでは帰って来なくていいから」

「はい」

「アーヴェルは大切な跡取りなのですからね。あなたはアーヴェルのために尽くせばいいのです」

「はい」

「あなたは、そのためだけに生まれてきたのですからね」

「分かっています、お母様」

答えると母は満足そうにうなずく。そして話は終わりだとばかりに踵を返した。

畑へと戻っていく母を見送ってから、アイルは足早に門の外に出る。

もう何度言われた言葉だろうか。

アイルはアーヴェルのために生まれてきた。

そう何度も何度も繰り返し母は言う。

実際にアーヴェルはアイルを必要としてくれているから母の言葉に不満などないし、その言葉を忘れたことは一度もない。

けれど、母がそう釘をさしてくるほど、最近のアイルは浮かれて見えていたのだろう。

母はアイルの使命を改めて言い聞かせてきた。

確かにアイルは、アーヴェルのためにクラウスに近づいたのを忘れそうになっていた。しかし母の言葉で、自分のやるべきことを思い出した。

アイルはアーヴェルのために生まれてきたのだ。彼に必要とされなくなったら、アイルの存在価値はない。

それなのに、クラウスと一緒にいると居心地がいいと感じてしまっている自分がいた。

完全無欠だと思っていたクラウスは、努力家で真面目な人間だった。本人は人の目に触れないようにこっそりとやっているつもりだろうが、毎日一緒にいるアイルには分かった。本棚には難しい内容の本がたくさん納まっているし、暇があると剣の素振りをしているのを知っている。

それに、親友のヒューといる時は喜怒哀楽が激しい。

彼のすました顔しか知らなかった頃よりも、クラウス・ダークベルクは普通の青年なんだと分かった今のほうが、彼を好ましいと思っている。

それに、クラウスと過ごす時間はとても楽しいのだ。

見栄っ張りの彼は、アイルの言うことに一々格好良く返そうとする。クラウスが女性慣れしていないと知っているアイルの前でも、彼は経験豊富なふりをしたがる。そんな彼を微笑ましく思った。

最近、毎日がとても充実していると感じていた。

そんなことは初めてで、アイル自身ひどく戸惑っているのだ。

クラウスと一緒にいるのはアーヴェルのため。……そのはずなのに、本当にそうなのか分からなくなってきた。

けれど、こんな日々はきっと長くは続かない。クラウスが離れていく日は必ずくるだろう。

彼は野望のためなら何でもすると言っていた。だから彼にとっての婚姻とは、有力者との繋がりを築くためのものになるはずだ。男爵家の娘であるアイルではクラウスの助けにはならない。

オリヴィアと結婚するのはアーヴェルのために諦めて欲しいけれど、もしクラウスがそれを望んだら、アイルはきっと何も言えないだろう。オリヴィア以外の女性を選んだ場合も然りである。

そんな日がきたら、自分はどうするのだろうか
アイルは、クラウスからもらった髪飾りを両手で包み込み、胸に当てて目を閉じた。

まった。

❀❀❀

アイルを迎えに来たクラウスは、彼女と彼女の母親が話をしているのを偶然聞いてしまった。

立ち聞きするつもりはなかった。玄関から出て来るアイルの姿が見えたから近づこうとしたところで、母親が彼女を呼び止めたので、思わず門の陰に隠れてしまっただけだ。

聞きたくなかった。せめて彼女たちの声が聞こえないところに隠れれば良かった。

そう後悔してももう遅い。クラウスはすべて聞いてしまった。

アイルがクラウスに近づいたのは、篭絡してアーヴェルの治療費を出させるためだったのだ。

もしかしたら、初めて話した時にアイルがクラウスを酩酊させたのはわざとだったのかもしれない。クラウスに近づくための作戦だった。そう考えれば合点がいく。

そうか。すべてはアイルの計画どおりだったのだ。

同じベッドで朝を迎えたことも。

下手くそだと言って練習相手になったことも。

それらすべてが、クラウスの財産目当てだったのか。

彼女が手当たり次第に貴族の男に声をかけていたのは、アーヴェルのためだったのだ。

そしてクラウスに標的を定めた。

一番篭絡しやすいとでも思ったのだろうか。それとも、クラウスの将来性を見定めてのことなのか。どちらにしろ、クラウスならば目的を達成できると思ったから近づいたことには違いない。

アイルはクラウスを想ってくれていたわけではなかった。

そう考えたら、頭の中が真っ白になった。しかし次の瞬間には、重苦しい何かが体の底から湧き上がってきていた。

アイルは、クラウスの容姿と身分目当てで近づいて来る女性とは違うと思っていた。

いつも冷静な瞳でクラウスを見つめ、たまに照れて、はにかんで、笑って、呆れて……。

そんなアイルを好ましいと思っていたのに。

全部、嘘だったのか。

全部、演技だったのか。

俺はアイルに、騙されていたのか……。

気づくと、クラウスは自室のソファーに座り込んでいた。

いつの間に戻って来ていたのだろうか。まさか夢だったのでは……などと淡い期待を抱いたのも束の間、靴についた土が、あれは現実だと突きつけてくる。

今朝、磨かれて綺麗になっていた靴を履いたばかりだ。それが今は土で汚れてしまっている。いつもアイルは歩いてここに来るからと、クラウスも歩いてアイルの家へ向かった。その証拠だ。

頭が重い。

思考がはっきりしないまま、クラウスは立ち上がった。するとそこへ、使用人がアイルの到着を告げてくる。

その名を聞いた瞬間、体が更に重くなったような気がした。

クラウスが入室を許可すると、アイルが扉を開けて入って来て、いつものようにスカートを摘もうとした。クラウスはその手を摑み、強く引っ張る。

「……っ……！」

アイルが驚いたように目を見開くのを、唇が触れ合うほど近くで見つめる。そして戸惑っているアイルの体を壁に押しつけ、震える唇を噛み付くように塞いだ。

ひんやりとした唇は、驚いて息を飲んだ時のまま僅かに開かれており、クラウスはその隙間から強引に舌を押し入れる。反射的に奥へと引っ込んだアイルの舌を追いかけ、無理やり絡めとって引きずり出し、軽く歯を立てた。

痛みのせいか、アイルがびくりと体を震わせる。その震えさえ許せなくて、クラウスは彼女の細い腕を僅かにも動けないほどに強く壁に押しつけた。

「い……！」

悲鳴を飲み込むように口を大きく開けて唇を塞ぐと、アイルは苦しげに身を捩った。クラウスはすかさず彼女の足の間に膝を差し入れ、自分の下半身で圧迫することによって体の動きも封じた。

アイルのすべてを味わい尽くしたくて、口腔深くまで舌を入れて隅々まで探る。そして上顎の奥の柔らかな部分から舌の裏まで丹念に舐め回し、縮こまっている舌をきつく吸い上げた。

舌のざらざらとした表面が互いを刺激し合い、体の奥底から熱が這い上がってきた。息が上がるとそれに比例するように体温も上昇する。

クラウスは、自身の陰部がアイルを求めて勃《た》ち上がり、彼女の腹部に当たっているのを感じた。

キスをしながらわざとその猛りを押しつけるように体を擦り寄せると、アイルはクラウスの口の中で小さく甘い声を上げる。

「……アイル……」

存分に彼女の口腔を犯したクラウスは、僅かに唇を離し、アイルの名を呼んだ。するとそれまできつく閉じられていた瞼がゆっくりと持ち上がり、青紫の瞳がクラウスの姿を映し出す。

アイルは至近距離でじっとクラウスの顔を見つめると、ふと眉を寄せた。

「どこか痛いのですか？」

クラウスの表情が痛みに耐えているそれに見えたらしい。アイルは心配そうな表情でクラウスの瞳を覗き込んだ。

これも演技なのか？

そう疑ってしまうのは、アイルの態度がいつもと何も変わらないからだ。彼女が何のために近づいて来たのか知ってしまった今は、その変わらない態度がひどく気に障った。

熱を計ろうと伸びてきたアイルの手を、クラウスは素早く掴む。

「俺がアーヴェルの治療費を出すと言ったら、アイルは俺に抱かれるのか？」

「え？」

思わず呟いてしまった言葉に、アイルは不思議そうに首を傾げる。声が小さ過ぎて聞こえなかったらしい。怪訝そうなその顔は、邪気があるようには見えない。

それがなぜかとても苛ついた。彼女はこんなふうに何でもない顔をして、クラウスを騙しているのだ。

笑ったり、言い合ったり、甘い雰囲気になったり……。彼女の素顔を見られるのは自分だけだと思っていた。練習に根気良く付き合ってくれるのは、少なからず彼女もクラウスのことを好きでいてくれているからだと思っていた。

それなのに、それらはすべてクラウスを篭絡するための作り物だったのだ。

自分はアーヴェルのために生まれてきた。

あの言葉は、そのままの意味だったのだ。

アーヴェルのために、自らの体を、存在を犠牲にして生きている。彼を助けるために、よりよい男を選んで、そして金を出させる。

それを理解した瞬間、クラウスは腹の底から湧き上がったどす黒い何かに全身を支配されるのを感じた。

そして衝動に押し流されるままに、アイルを抱き上げて寝室へと向かった。

❀ ❀ ❀

クラウスに乱暴にベッドに押し倒されて初めて、アイルは彼の目的に気づいた。

彼はアイルを抱こうとしている。今までのように途中で止めることなく、最後までしようとしているのだ。

キスの後、クラウスは何と言ったのだろうか。小さな呟きを聞き取ることはできなかったが、彼は思い詰めた顔をしていた。きっと何か大事なことを言ったのだと思う。

「クラウス様……！」

どうしてこんなことを？ その言葉はクラウスには届かない。彼はアイルの両腕を簡単に片手で押さえつけると、がぶりと首筋に噛み付いた。

噛み千切られてしまうのではないかと思うほどの痛みに、アイルの目に涙が滲む。

「……いやっ……！」

アイルの体を押さえつけているクラウスの逞しい体を蹴り上げようと、腰を捻って足を振り上げようとしたが、クラウスの長い足に簡単に阻止されてしまう。

体術を心得ているらしいクラウスは、先ほどから苦もなくアイルの動きを封じ続けた。

こんなにも容易くねじ伏せられるとは思っていなかったアイルは、くやしさで涙が滲む。今までも、彼が強引に事を進めようと思えば簡単にできたということだ。でも彼はしなかった。

それなのに、なぜ今しようとしているのか、アイルには分からない。

このまま強引にされてしまうのは嫌だった。どうして突然こうなったのか理由が分からないし、何よりクラウスの気持ちが分からないのが怖い。

本来彼は、無理やりこんなことをするような人ではない。だから、せめて理由を言ってくれれば、アイルだってこんなに抵抗しないのだ。

「クラ、ウス……様っ……」

名前を呼ぶが、クラウスは反応しない。それでも何度も呼びかけると、首筋を吸い上げていた彼は顔を上げ、黙れと言わんばかりにアイルの口を塞いだ。

クラウスの舌が口腔を縦横無尽に這い回り、アイルの言葉は彼の中に吸い取られてしまう。

何とか逃れたくて顔を横に向けようとするが、それでもクラウスは食らいついてくる。

そして彼の手がドレスにかかり、紐を解かなければ脱げないそれは、無残にも引き裂かれた。

いつもはアイルが自ら脱いでいたものをクラウスは強引に剝ぎ取り、恐怖で硬直してしまったアイルから衣類をすべて取り去った。

「……っ…や……！」

こんなクラウスは知らない。

優しさの欠片もない彼の行動に、アイルの体が小さく震え出す。声を出すこともできなくなったアイルに気づいたのか、クラウスは拘束していた手を放し、両の乳房を摑んだ。

力任せに揉まれた痛みで呼吸が止まる。けれど、クラウスの舌が乳首の周りをぐるりと舐め始めると、むず痒いようなその感覚に自然と息が吐き出された。

舌先で押し潰すように乳首を舐められ、喉の奥から声が漏れる。

「……ぁあ……」

反対側の乳首を指で強く摘まれて、びくりと体が跳ねた。連日の愛撫の練習で、アイルの体は日に日に敏感になっている。だからなのか、クラウスから与えられる刺激は、痛みですらじんわりとした快感にすり替わる。

自分の体がいつの間にか変わってしまっていることを、アイルは初めて自覚した。

クラウスの手に、舌に、意識が集中する。彼が触れる度に、その部分から熱が広がった。

全然優しくなんてないのに、どうしてこんなふうになってしまうのか理解できない。

「いや……！」

知らないうちに変化していた自分が怖くて、アイルは身を捩る。その動きをクラウスは片手で簡単に押さえ付け、

「抵抗するな」

と、冷たい口調で言った。

高圧的な物言いは、やはりアイルの知っているクラウスのものではない。アイルは、豹変してしまった彼に戸惑いと恐怖を感じ、きつく目を閉じる。

閉じた視界の中で、クラウスがベッドの下方へと移動するのが分かった。

何をするのかと不思議に思った次の瞬間、突然両足を割り開かれ、濡れた感触が秘部を襲う。アイルは弾かれたように目を開け、慌てて下半身に顔を向けた。

そこには、アイルの秘部に舌を這わせているクラウスの姿があった。

下から上へと何度も舌が往復すると、直接的な快感が全身に駆け抜ける。アイルはシーツを握り締め、その刺激をやり過ごそうとした。けれど彼の舌が陰核をとらえた瞬間、大きく体が跳ね、その突き抜けるような快感から意識を逸らすことができなくなってしまう。

クラウスはアイルの両足を限界まで押し広げ、陰核に吸い付いた。尖らせた舌先でぐりぐりと押し潰され、自分の意思とは関係なくびくびくと体が震える。

「……あぁっ……んん……」

無理やりされているというのに甘く甲高い声が勝手に出てきてしまうのが嫌で、アイルは手の甲で口を覆った。その様子を見たクラウスは、

「ひどくしても感じるんだな」

そう言って仄暗い目をアイルに向けた。

彼がなぜそんな顔をしているのか、どう考えてもやはり分からない。

アイルの体に熱を与えているのは当人のくせに、ひどく冷めた表情をしている彼を見ていたくなくて、アイルは顔を背けた。

クラウスは愛液で濡れた割れ目を、わざとぐちゅぐちゅと音を立てて指の腹でなぞる。そして時折ぐりぐりと陰核を刺激し、快感に翻弄されるアイルの様子を静かに観察した。

乱暴に快感を高められ、アイルは泣きたくなる。

クラウスはいつも優しくアイルに触れた。反応を気にしながら慎重に愛撫をして、嫌がる素振りを見せたらすぐにやめてくれた。それなのに今のクラウスは、一方的にアイルを弄り、好き勝手に事を進めている。

それがひどく悲しかった。

アイルはクラウスを信じていたのだ。誠実で生真面目な彼が、嫌がる女性に無理やり手

を出すはずがない。そう思っていた。

実際に、アイルとの練習の時は暴走することなくいつも余裕な態度を保っていた。

何が原因でこうなってしまったのか分からないが、クラウスはアイルに怒りを感じているのだ。だからこんなにも乱暴にアイルに触れる。

「どう、して……？」

泣くのを堪えてクラウスを見ると、彼は何も答えずアイルの膣内に太い指を押し込んだ。

突然の異物感に、アイルは息を飲む。

「……く、ぅ……ん…」

不本意ながら愛液が溢れ出しているため痛くはなかったが、ぐりぐりと内壁を押すように動かされると、苦しさと一緒にじんわりとした痺れが湧き上がってきた。

息を吐き出して感覚を分散させることに意識を集中させ、アイルは唇を噛み締める。そしてこういう時の対処法を冷静に思い浮かべた。

大丈夫。隙をつけば逃げられる。

そう自分に言い聞かせ、今はただクラウスの動きに身を任せた。

「……ふ…ぁ…あん……」

長い指が膣内をほぐすように何度も出し入れされる。そして何かを探るようにぐるりと回されたと思ったら、その直後、脳天を突き抜けるような快感が走り、アイルの背を仰け反らせた。

その部分をクラウスは容赦なく刺激してくる。その強過ぎる快感に、アイルは声にならない声を上げて、手が白くなるほどに強くシーツを握り締めた。

こんなにも強烈な快感が長く続いたら、自分はいったいどうなってしまうのか。アイルの脳内を恐怖が支配した。

それを振り払いたくて、懸命に手足に力を入れてベッドの上方にずり上がる。とにかくクラウスの手から逃れたかった。彼に与えられる快感を振り払いたくて、服を着たままの筋肉質な体を押しのけようと手を伸ばす。

クラウスは膣内から指を引き抜くと、アイルが伸ばした手を摑み取った。そして指を絡ませると、強い力でアイルの体を引き戻す。

ずるずるとクラウスのもとに引き寄せられるのを、足を突っ張って止めようとしたが、やはり力では敵わない。アイルはクラウスに組み敷かれ、片手で動きを封じられた。

クラウスはアイルを仄暗い瞳で見下ろしながら、空いているほうの手で自身の猛りを支え、濡れた秘部に押し当てる。

熱くぬるぬるとした感触が、狙いを定めるように上下に動いた。そして愛液が溢れ出ている膣口でぴたりと止まる。

亀頭が膣に挿入されそうになったその瞬間、クラウスの意識がそこに集中していることに気づいたアイルは、全力で足を振り上げた。

「…………くっ……！」

油断していたらしいクラウスの脇腹にアイルは膝を叩き込み、苦しそうに呻いた彼の下から抜け出す。

一瞬でも躊躇したらすぐにまた捕まるのは分かっていたので、アイルは素早く身を翻してベッドを降りた。そしてそのまま寝室の出口へと走り出す。

しかしドアにたどり着く前に後ろから腕を掴まれて、あっという間に引き戻されてしまった。

腕が抜けそうなほど強い力で引っ張られた反動で、アイルの体は勢いよくベッドに投げ出される。顔からシーツの上に突っ込んだアイルは、痛みを感じる間もなく、背後から圧し掛かられた。

酸素を取り込むために横を向くと、目の前にクラウスのシャツが降ってきた。彼は着ていたものを脱ぐ余裕があるのか。

それに比べ、アイルはクラウスの重みで体を起こすこともできない。じたばたと手足を動かして抵抗するアイルに、彼は低く命令する。

「おとなしくしろ」

そんなことを言われておとなしくできるなら、最初から逃げ出そうとしたりしない。アイルは顔だけで振り返り、クラウスを睨む。

クラウスはアイルを見て目を細めて笑った。

直後、下半身に激痛が走る。

少しだけ浮いたアイルの腰を摑んだクラウスが、蹴りを入れられても萎《な》えることのなかったらしい猛りを無理やり膣内に挿入したのだ。

「……い……った……」

アイルはシーツに顔を突っ伏した。引き攣るような痛みが呼吸を荒くする。

「……っ……！」

クラウスも苦しそうに息を飲んだのが分かった。しかしすぐに、愛液を猛りに塗りつけるように浅い部分で出し入れを繰り返し、入りきらなかった部分を奥へ奥へと押し込んでくる。

そうして時間をかけてすべて挿入し終えると、彼は一度動きを止めた。そしてアイルを背後から抱き締め、大きく息を吐き出す。

足の先から頭の天辺に灼熱の杭を打たれたような感覚に、アイルの体はぴくりとも動かない。

クラウスの分身は大き過ぎて、膣内がこれ以上ないほどに押し広げられている。隙間などほとんどないだろうに、彼は強引に腰を前後に動かした。

腰を抱えるように持ち上げられ、乱暴に熱い猛りを打ち込まれる度に、痛くて、苦しくて、意識が朦朧としてくる。

アイルは上半身を力なくベッドに沈めたまま、早く終わってくれることをひたすら祈った。

「……アイル……」

ふと、クラウスの小さな呟きが耳に届く。

「……アイル」

最初は気のせいかと思ったが、乱暴に犯しながら、クラウスはアイルの名を呼んだ。

「アイル……！」

背後から突き上げられているので彼の顔は見えないが、何度もアイルの名を呼ぶ声は切なく脳内に響いた。

揺さ振られながらそれを聞いていると、不思議なことに、彼に求められているような気がしてくる。

　こうしてアイルを抱いているのも、クラウスがアイルを求めているから。それは、都合のいい考えだろうか。

　クラウスはアイルを必要としている。

　本当は違うのかもしれない。けれど今は、そう思っていたかった。

　クラウスが必要としてくれている。そう思うだけで、何もかもを受け入れてもいいと思えるから不思議だ。

　クラウスは荒い息を吐き出しながらアイルに覆いかぶさり、ベッドとアイルの体の隙間に手を差し入れると、押し潰されていた胸を揉み始めた。

　そしてアイルの耳に舌を這わせ、腰の動きをよりいっそう激しくする。

「…んん、ふぁ…あん…っ…」

　動きに呼応するように、アイルの口から溢れ出る声も高くなっていく。

　早く終わって欲しいという思いは変わらないが、先ほどまでの恐怖はなくなっていた。

「…い、く……っ！」

　大きく抜き差しをした後、クラウスが耳元で呻いた。そして膣内に熱い奔流が注がれる。

　彼の欲望を体内に感じ、アイルはそっと目を閉じた。

なぜか満たされている自分に気づく。

乱暴に犯されたというのに、心のどこかで嬉しいと思ってしまっているのだ。

その理由を考えようとしたが、頭が重くて思考が定まらなかった。体もだるく、指一本も動かせない。

アイルは、突如襲ってきた睡魔に抗うことなくそのまま意識を手放した。

❀❀❀

目を閉じてベッドに突っ伏したアイルを見下ろし、クラウスはしばらく動かなかった。

彼女の細くて綺麗な体が、クラウスの腕の中にある。

このままずっと彼女の中に入っていたい。そうすれば、余計なことを考えずに済む。アイルの目的や、アーヴェルのことを思い出すことなく、ただただ彼女と繋がっていられる。

……そうだ。それがいい。

クラウスはふっと微笑む。

それを実現させればいいのだ。そうすればアイルはクラウスだけのものになる。

まずはアイルを取り巻くすべてを排除して、この部屋に閉じ込める。それから彼女と可能な限りずっと繋がっていよう。クラウスだけのアイルにしてしまえば、彼女の一生は自分のものになる。

もし彼女が懇願するのなら、アーヴェルの治療費を出しても良いだろう。その代わり、アイルには誰にも会わせない。特にアーヴェルには絶対に会わせたくない。

名案に、クラウスはほくそ笑んだ。まずは準備をしなくては。名残惜しさを覚えながらも、クラウスはアイルの中から己自身を引き抜く。

少し遅れてアイルの中から色のついた白濁《はくだく》が零れ出してくるのを見たら、彼女を我がものにしたという実感が湧いてきた。

クラウスは満ち足りた気持ちでアイルを抱き上げると、その華奢な体をソファーに移動させた。そしてシーツを取り替えてベッドを整え、すぐに彼女を新しいシーツの上に寝かせる。

皺だらけになったシーツを見下ろし、クラウスは唇を引き結んだ。

アイルを自分のものにした。クラウスがそう思う根拠は、ここにある。

クラウスの視線の先には、赤いシミがついたシーツがあった。それは、彼女が処女だったという証だ。

裕福な男ばかりを狙って一度寝れば捨てるということを繰り返す、それはただの噂だった。

アイルは誰とも寝ていなかったのだ。

クラウスが酩酊して同じベッドで朝を迎えたあの時も、本当は何もなかったということだ。

アイルは純潔のままクラウスと性行為の練習をしていたのか。余裕がある態度で「教えてあげる」と言いながら、彼女もクラウスと同じくらい行為に慣れていなかったのだ。

そのことに気づかなかった不甲斐ない自分が情けない。

しかし同時に、彼女を愛おしく感じる。

アーヴェルのためとはいえ、アイルはクラウスを選んでくれた。誰とも経験することなく、クラウスのもとへと来てくれたのだ。それがとても嬉しかった。

けれどアイルは、無理やり純潔を奪ったクラウスを憎むだろう。

アイルは今まで、頑《かたく》なに最後までさせてくれなかった。それだけ大事に純潔を守っていたということだ。それなのに、兄のために近づいただけのクラウスに強引に奪われたのだ。

憎まれても仕方ない。

しかしいくらアイルが憎んでも詰っても、クラウスは彼女を手放す気はなかった。彼女をここに閉じ込め、自分だけのものにする。その考えは変わらない。

「……ん……」

穏やかな寝息を立てていたアイルが、ふいに眉間に皺を寄せた。起きたのだろうか。汚れたシーツを放って、その端正な顔をじっと見下ろしていると、長い睫毛が震え、瞼がゆっくりと持ち上がった。

「……クラウス様？」

ぼんやりとした無防備な表情で、アイルがクラウスを見つめる。自分が置かれている状況を把握していないのだろう。クラウスを怖がるでもなく、アイルはふわりと微笑んだ。

「痛いところはないか？」

問いながらアイルの頬に張り付いた髪をそっと払うと、彼女は上半身を起こしながら笑みを深める。

「大丈夫です」

答えるその瞳で分かる。彼女は先ほどあったことをきちんと理解していた。その上で、穏やかに微笑んでいるのだ。

「……なぜ笑う？」

無体を働いた男に、なぜそんな顔を見せる？

想像していたのとは正反対の反応をするアイルに、クラウスは眉を顰める。

「嬉しいからです」

アイルの答えに、クラウスは一瞬虚を衝かれたが、すかさず問い返した。

「純潔を無理やり奪われてもか？　乱暴に押さえつけて痛い思いをさせたのに、それでも嬉しいのか？」

「はい」

うなずくアイルは、無邪気と言っても良いほど明るい表情だった。クラウスはそれを怪訝に思いながら、彼女の頬に手を当てる。

「この部屋から出るなと言っても笑っていられるか？」

そんな理不尽な命令にも、真っ直ぐにクラウスを見つめるアイルから笑みは消えなかった。彼女は視線を合わせたまま首を傾げる。

「クラウス様は、私が必要ですか？」

「……必要だ」

なぜそんなことを訊くのか不思議に思ったが、素直な気持ちを口にする。するとアイルは嬉しそうに笑った。

「それなら、私はここから出ません」

好きか嫌いかを訊くなら分かる。けれどアイルは、必要か、と訊いた。それに答えただけで、アイルはクラウスと一緒にいてくれると言う。

「もし俺が、結婚したいと言ったらどうする?」

アイルを結婚で縛り付けたいと言ったら、彼女はそれも簡単に承諾するのだろうか。

それが知りたくて、彼女を試すようにそんな質問をした。するとアイルは、笑顔のまま答える。

「その時は、ここを出て行きます」

「……なぜ出て行く?」

結婚したいと言っているのに、出て行くと言われた。それは、クラウスとは結婚したくないということだろうか。

クラウスが眉間に深い皺を寄せて問うと、アイルはきょとんとした顔をした。

「だって、クラウス様がオリヴィア様と結婚することになったら、私は必要なくなるでしょう?」

それを聞いて理解する。アイルは、〝オリヴィアと結婚したいと言ったらどうする〟という質問だと勘違いしたのだ。

アイルが初体験だったと知って浮上していたクラウスの心が、一気に下降した。

自分は必要なくなるから出て行く。彼女はそう言ったのだ。それは、クラウスがオリヴィアを選んでもまったく構わないということだ。

クラウスはアイルを閉じ込めたいと言っているのに、そしてそれを簡単に承諾したくせに、もしクラウスが他の女性を選んだ時はあっさりとその手を放すと彼女は言う。

やはり、アイルはクラウスのことが好きなわけではないのだ。

アーヴェルのためにクラウスに近づいただけ。そして彼のために、その治療費を出させるためだけにひどいことをした男にもこうして笑ってみせるのだ。

アーヴェルのためなら、自分を犠牲にしてもいいと思っているのか。だから、純潔を奪われても笑っていられるのか。

そう思ったら、途端に息苦しくなった。体の中に重石を詰め込まれたように、胸が重くて痛い。

アイルはアーヴェルのものじゃない。俺のものになった。そう思っているのは、クラウスだけだった。

彼女はクラウス自身を必要としていない。彼女が求めているのは、アーヴェルを救う財力だけだ。

その事実が、クラウスを打ちのめした。

アイルが必要とするのは、なぜ俺自身じゃない？

俺はこんなにも必要としているのに。なぜ彼女は俺を必要としない？

考えれば考えるほど、黒くどろどろとした感情がクラウスの体を侵食していく。

自分を選ばない彼女を許せないと思った。

クラウスは、獰猛な気持ちを抑えることができず、アイルをベッドの上に突き飛ばした。

そして、仰向けに転がった彼女の足を抱え上げ、まだクラウスの白濁が中に残ったままの膣に、痛いほど勃ち上がった猛りを押し込む。

「…っあぁ……！」

アイルが苦しげに眉を寄せた。

泣けばいい、と思った。

泣いて、助けてくれと懇願すればいい。

そうすれば、優しくしてやろう。

腰を乱暴に動かしながら、クラウスは睨むようにアイルを見下ろす。

しかしアイルは、クラウスの意に反してゆるりと口元に弧を描いた。そして手を伸ばし、クラウスに抱き着く。

その行動に戸惑ったクラウスは、慌ててアイルの体を反転させた。後ろから狭い膣内を激しく犯す。

抱き合いながらこんな行為をすれば、アイルは自分のことを好きなのかもしれない、愛し合っているのかもしれない、と勘違いをしてしまう。それが嫌だった。

また暴走して突っ走り、期待をして裏切られるのが怖かった。

アイルはクラウスを利用しようとしているだけだ。自ら行為を受け入れるふりをして、クラウスを意のままに操ろうとしている。

それが分かっているのに、アイルを欲する自分の気持ちが止められなかった。


外出先から帰って来ると、アイルはまだベッドの中で寝息を立てていた。

休日だというのに朝早くから城に呼び出されたクラウスは、部下では手に負えない案件を素早く片付け、急いでアイルのもとへ戻ろうとした。しかしその帰り道で見知った子供が迷子になっているのを見つけて、彼女を孤児院へと送り届けたために、予定よりも帰るのが遅くなってしまった。

まだクラウスが騎士だった頃、仕事で各地を見回りすることがあり、その時、街外れにある孤児院のひどい現状を知った。以前は貴族からの寄付があったのだが、その貴族が代替わりをした途端に寄付を打ち切られたらしい。国からの僅かな援助だけで運営することになった孤児院の子供たちは、痩せ細り、今にも倒れてしまいそうだった。

それを見たクラウスは、それなら自分が寄付をしようと思った。伯爵である父に頼むのではなく、自分が子供たちを救いたかったのだ。しかし、個人でできることには限界がある。もしかしたら、他にもこんな状況に陥っている施設があるかもしれないのだ。それらを全部救い上げることはクラウスだけの力ではできない。

そう思ったのが、クラウスが騎士から文官になったきっかけの一つである。

武術ではヒューには敵わないであろうという初めての敗北感を認められるようになったのもこの頃で、自分がこの国をよりよくしたいと思うようになり、そんな志を持つことができた今が転機だ、とその時に思ったのだ。

クラウスは、初心を忘れないよう自分を律するため、そのきっかけとなった孤児院の様子を定期的に見に行っていた。

孤児院の責任者であるマリアに見つかると毎回頭を下げてお礼を言われてしまうので、なるべく見つからないようにしているのだが、子供たちの動きで分かってしまうらしい。

今日もお茶に誘われ、皆で焼き菓子を食べてきた。

もしかしたら、無邪気な子供たちと接していれば、自分の中の真っ黒な感情をどうにかできると思ったが、残念ながら何も変わらなかった。

子供というのは純粋な瞳で人を映す。だからなのか、いつもと変わらないクラウスを演じていても、どこか違うと分かってしまうらしい。

彼らはクラウスを心配し、優しい声をかけてくれた。いつもはそれで元気になれるのだが、今回は彼らの真っ直ぐな言葉もクラウスの心を溶かしてはくれなかった。

それどころか、ふとアイルのことを思い出した拍子に狂気が全身を駆け巡ってしまい、慌ててそれを抑えつけたが、特に敏感な子供はクラウスの一瞬の心の動きを感じ取ってしまったらしく、ひどく怯えてしまった。

守るべき対象である子供を怯えさせるなんて、人間として最低だ。クラウスは早々に孤児院を辞し、屋敷に帰ってきた。

クラウスの心を闇に落とした原因であるアイルは、あどけない表情で寝入っている。

無理やりアイルを犯してからずっと、彼女の体力が続く限り休むことなく体を繋げていた。だからいつも、アイルが気を失って行為が終わる。ろくに食事もせず、乱暴に体を貪られているアイルには、疲労しか残っていないだろう。

食欲がないクラウスは、水を飲んで軽く果物をつまむくらいしかしなかった。だからなのか、アイルもそれに付き合うように彼女に用意された食事には手を出さなかった。

アイルはこれまで、出された食事はすべてたいらげていた。細い体に似合わずたくさん食べるので、いったいその栄養はどこにいってしまうのだろうと首を傾げたものだ。

しかし今は、クラウスに合わせて水や果物しか口に入れない。

空腹を我慢しているはずだ。けれど、豪華な食事を前にしても、彼女はそれを食することなく、にこにこと微笑んでただ座っている。

体を酷使されて腹が減っているはずなのに、出された食事を残すことは彼女の意に反することのはずなのに、何も言わずにクラウスに合わせていた。

アイルは文句を言わなくなった。

以前のアイルなら、今クラウスのしていることすべてに対して、きっぱりと拒絶しただろう。嫌がって逃げ出そうとしただろう。冷たい瞳でクラウスを睨んだだろう。

でも今ここにいるアイルは、そのどれもしない。

いつも微笑んで、クラウスのやることをすべて受け入れている。

閉じ込められているというのに、まるで何の危険も感じていないかのような顔でそこにいるのだ。

その無防備な様子に、体の奥底から黒くどろどろとしたものがふつふつとこみ上げてくるのを感じる。

クラウスは無言でシーツを剝ぐと、寝入っているアイルの裸体に覆いかぶさった。

「……ん……ん……？」

重みで目が覚めたのか、アイルが小さく声を上げる。

しかし次の瞬間、彼女の顔が驚愕に歪んだ。クラウスが前戯もなしにアイルの膣に猛りを無理やり押し込んだのだ。

「……っ……クラウス様……！」

寝起きでいきなり始まった行為に、アイルはうろたえたようだった。しかしクラウスの顔を確認するとすぐにふわりと微笑む。

クラウスを見ているようで何も見ていないようなその瞳に違和感を抱いた。

無表情のクラウスが無言でひどいことをしているというのに、なぜ彼女は笑うのか。それが分からず、ますます何も言えなくなってしまう。

クラウスは、アイルに何の言葉もかけることなく、ひたすら自分本位に腰を振った。

❀ ❀ ❀

「どうした？　最近上機嫌だと思っていたら、今度は一気に機嫌が悪くなったな。いつもの気持ち悪い作り笑いはどうした？」

クラウスが机に向かって無心で仕事をしていると、そこにヒューが現れた。彼は顔も上げずに無表情で書類を作成しているクラウスを見て面白そうに笑った。

「……」

今はヒューの軽口に付き合う余裕はない。クラウスは今までどんな時でも笑顔を絶やさなかった。けれど今は笑うことができない。

深刻な事態だということに気づいたらしいヒューは、クラウスの隣の椅子に腰を下ろすと、笑みを消してこちらを見た。

「アイルちゃんと何かあったのか？」

「気安く呼ぶな」

何度言っても呼び方を変えないヒューをクラウスは睨んだ。けれどやはり、そう容易く言うことをきく男ではない。ヒューは小さくうなずくと、

「分かった分かった。で、アイルちゃんと喧嘩でもしたのか？」

と、呼び方は変えずにクラウスの睨みを受け流して眉を寄せた。その心配そうな表情に、クラウスはそれ以上注意をすることをあきらめ、ヒューから視線を逸らす。そして、感情的にならないように気をつけながら口を開いた。

「もしお前がどこかに閉じ込められて、自由を奪われたらどうする？」

「……はあ？　何を言い出すんだ、お前は。そんなもん、逃げるに決まってるだろ」

すぐにはその言葉の意味を理解できなかったらしい。ヒューは少し考えて、そう断言した。

「そうだよな。逃げるよな。間違っても、嬉しそうに笑うことはないよな……」

怯えて逃げようとするのが普通の反応だろう。

俯いてぽつりと零したクラウスにヒューは詰め寄った。

「何？　お前、もしかして……」

珍しく怖い顔をしている親友を真っ直ぐに見つめ、クラウスは素直に告白する。

「アイルを監禁している」

するとヒューは、眉間に深い皺を寄せたまま大きく目を見開いた。

「監禁？　アイルちゃんを？　お前、正気か？」

「正気だ。……いや、少しおかしくなっているかもしれない」

アイルとその母親の会話を聞いた直後から、自分の感情を制御できなくなっている。その前までは、どんな時も御することができたのに。今は、自分が何をしでかしてしまうか分からなかった。

クラウスがじっと自らの手のひらを見下ろしていると、ヒューが、しっかりしろ！　と叱咤してきた。

「お前がおかしくなってるのは分かった。嬉しそうに笑ってるってのは、まさかアイルちゃんがか？」

「ああ。自由を奪った俺に恨み言を言うでもなく、ただ笑ってる」

そして、何度も乱暴な行為に及ぶクラウスを受け入れている。

鍵をかけて閉じ込めていると言っても、内側から鍵を開けることはできるのだ。それをしないで、アイルはいつも笑顔で迎えてくれる。

「そうか……」

ヒューは自分を落ち着かせるように両手を叩いて握り締めた。それを横目で見ながら、クラウスは淡々と言葉を紡ぐ。

「俺は、自分がおかしくなったと思った。けど、だんだん分からなくなってきたんだ。

狂っているのは、俺か？　それとも、アイルのほうなのか？」

　答えを求めてヒューを見ると、彼は痛みを耐えるような顔で首を振る。

「話を聞いてる限りでは、お前らどっちも正気じゃないぞ」

　それを聞いて、クラウスは口元を歪めて笑った。

「そうだな。俺たちは二人でおかしくなってしまったんだな……二人一緒ならそれもいいか」

「なんでそんなことになったんだ？」

　クスクスと笑い続けるクラウスに、静かな声でヒューが訊いてきた。責めるわけでもなく凪いだ瞳で見つめてくる彼に、クラウスはぽつりと言う。

「アイルはアーヴェルのことしか考えていなかった」

「アーヴェル……って、アイルちゃんの兄ちゃんだな」

「そうだ。アイルがその母親と話しているのを偶然聞いたんだ。アイルが俺に近づいて来たのは、俺に金の援助をさせるつもりだったからだと」

　その時の気持ちを思い出して、クラウスは胸を押さえる。息苦しくなり、呼吸がうまくできなかった。それでも何とか声を絞り出す。

「アイルはずっと、アーヴェルの治療費を無条件で出してくれる男を探していたらしい。

アイルが手に入った途端に援助を止めるような男ではなく、一生アーヴェルの面倒を見てくれるような誠実な男だ」

「それで、お前に目をつけたのか」

財産のある誠実な男。それがクラウスだった。

クラウスは誰よりも優秀で、その分見栄っ張りなため、他人を邪険に扱ったりしない。能力的にも人間的にも、常に最高の評価をされて当然だと思っているからだ。だからクラウスは、アイルにとっていろいろな意味で最高の男である。そんなことはクラウス自身が一番分かっていた。

「ああ。今まで、運悪くそんな高額な費用を出してくれるような男に出会わなかったようだが……。いや、運良く、だな。結果的に俺のところに来たんだから」

そうだ。アイルがクラウスに目をつけたのは正解だった。彼女が目的のためにクラウスを利用していたと知っても、アーヴェルの治療費を出そうと思っているのだから。そしてその間は、アイルはクラウスのものだ。クラウスだけのものなのだ。

クラウスがそんなことを考えているとは知らないヒューは、頭をかきながら溜め息を吐いた。

「それでなんで監禁なんだよ？」

突飛過ぎるとヒューは言った。

「アイルを家に帰したくなかった。アーヴェルに会わせたくないんだ。だから、閉じ込めてしまうしかないと思って……」

それ以外に方法がないだろう？　とクラウスは首を傾げる。ヒューはそれを見て動きを止めた。そして何かを言おうと口を開く。それよりも先に、クラウスは言った。

「アイルは……初めてだった」

「……は？　何だって？」

意味が分からない、と片眉を上げるヒューをクラウスは静かに見つめる。

「処女だった。それなのに、無理やり抱いた俺に笑顔を向けるんだ」

「……でも、それは」

驚きながらもヒューが何かを続けて言おうとしたその時、大きな音を立てて扉が開き、同僚が駆け込んできた。

「クラウス！　宰相が呼んでるぞ！」

話を中断される形になり、ヒューが同僚を睨む。それに怯んだ彼は、慌てて出て行ってしまった。

そのあっという間の出来事をぼんやりと目で追っていたクラウスは、同僚が去って行った扉が勢いよく閉まるのを見て、ふらりと立ち上がる。

「おい、クラウス？」

扉に向かって歩き出したクラウスに、ヒューが慌てて声をかけた。呼び止めるようなその声に、クラウスは振り向くこともせずに告げる。

「宰相のところに行ってくる」

ヒューに話して、少しだけ心が軽くなったような気がした。クラウスは小さく礼を言うと、宰相の執務室に向かった。

目的地の扉の前に着くと、クラウスは目を閉じて大きく深呼吸をした。そして、優秀なクラウス・ダークベルクを演じるために気合いを入れる。

以前は苦もなく取り繕えたのに、最近は油断すると無表情になってしまう。それを宰相には悟られたくなかった。

ノックをすると、中から入室を許可する声が聞こえる。クラウスは挨拶をして中に入った。

執務室の奥にある机の前に、宰相は立っている。彼はクラウスをソファーに促すと、単刀直入に本題を告げてきた。

「今度は個人的に娘と会ってみないかね？」

その言葉に、即答することができなかった。

頭の中にアイルの顔が過《よぎ》ったのだ。

「この間は娘を紹介できなかっただろう？」

固まってしまったクラウスに、穏やかな口調で宰相が言った。クラウスは慌ててソファーから立ち上がり、深く頭を下げる。

「その節は、誠に申し訳ありませんでした」

アイルに泥酔させられてオリヴィアとの顔合わせができなかったあの時、クラウスは翌朝アイルと別れてすぐに、宰相に謝罪をしに行った。寛容な宰相は、言い訳もせずに平謝りをするクラウスを責めることなく許してくれたのだ。

「何度も謝ってくれたから、もう気にしていないよ」

だから座って、と言われ、クラウスは背筋を伸ばして腰を下ろす。

「ありがとうございます」

あの時はなぜ自分が酩酊したかも分からずに謝罪していた。あれはアイルに謀られたことだと分かった今でも、油断して酒を一気に呷った自分も悪いとクラウスは思っている。

約束をすっぽかして姿を消したクラウスを許し、再び娘との繋ぎをつけてくれると言うそんな寛大な心を持つ宰相に、クラウスは改めて尊敬の念を抱いた。

「私はやはり、娘には君みたいな青年が合うと思っているんだ。どうかな?」

宰相の聡明な瞳が、じっとクラウスを見つめる。考えていることが読まれてしまいそうな気がして、クラウスは慌ててアイルの存在を頭から振り払った。

彼女が一番大切なのはアーヴェルだ。結婚の話をした時も、クラウスが誰を選ぼうが関係ないような顔をしていた。だからたとえクラウスが本当にオリヴィアを選んだとしても、平気な顔をしているに違いない。きっと笑って『良かったですね』と言うのだ。

それが容易に想像できるため、クラウスはきゅっと唇を噛み締めた。

そして、改めて自分の野望を思い出す。

俺は、史上最短で高位高官になって、歴史に名を刻んでやるのだ。

自分に言い聞かせるようにそう繰り返すと、クラウスはにっこりと微笑んだ。

「ぜひ、お会いしたいと思います」


「おかえりなさい、クラウス様」

仕事から帰り、寝室に顔を出したクラウスに、窓辺で本を読んでいたらしいアイルが駆け寄ってきた。

部屋から出ることのない彼女は、クラウスが選んだ夜着を着ている。膝下丈のふわりとしたそれを、アイルは肌触りが良いと喜んだ。夜着だけしか用意していないのは、彼女の脱走を危惧してのことだ。それに気づいているはずなのに、アイルは不満を口にしない。

「明日、オリヴィア様と会うことになった」

開口一番にそう告げると、アイルは僅かに瞳を揺らした。

「宰相がわざわざ場を設けてくれたんだ」

少しの変化も見逃さないようにじっとアイルを見つめると、彼女は嬉しそうに微笑んだ。

「それは、クラウス様がヒンシェルウッド侯爵に認められている証拠ですね。これでクラウス様の野望が最短で達成できる可能性が高くなりましたね」

予想どおりの言葉に、クラウスは自嘲気味に笑った。

何を期待していたのだろう。

オリヴィアと会わないでと言って欲しかったのか。そう言わないまでも、少しでも悲しそうな顔をしてくれると、心のどこかで思っていたのだ。

僅かでもいい。アイルが寂しそうな様子を見せてくれれば、オリヴィアと会うのをやめようと思っていた。

けれどやはり、そんな都合のいいことにはならなかった。

「おめでとうございます」

アイルが笑う。それを見たくなくて、クラウスは視線を逸らそうとした。しかしその時、彼女の瞳から一筋の涙が零れ落ちる。

「なぜ泣く？」

頬を伝って流れたそれを、クラウスは信じられない気持ちで見つめた。

「これは……嬉し涙です」

笑顔のまま、アイルは手の甲で涙を拭う。

それが本当か嘘か、クラウスには確かめる術がなかった。

その涙は、クラウスを引き止めるための演技なのかもしれない。そう思ったら、アイルを見ていることができなかった。

❀ ❀ ❀

ドアに鍵をかけられた部屋の中。

内側から鍵を開けることはできるし、窓の鍵は常に開いている。バルコニーの近くに大きな木があるため、無理をすればそこから逃げ出すこともできた。

でもアイルは逃げようとは思わなかった。

今だけでも、クラウスが自分を必要としてくれている。ただそれだけの理由でここに留まっていた。

クラウスが酔って初めて一夜をともにしたあの日アイルは決めたのだ。結婚相手は、クラウスにしよう、と。

今までずっと、結婚相手を求めて様々な男性に声をかけてきた。条件としては、爵位持ちで資産家、そして本人も優秀で、無条件でアーヴェルの治療費を出してくれそうな人、だ。アイルが手に入った途端、態度を翻して治療費を出し渋るような不誠実な男では駄目だ。一生、アーヴェルの面倒を見てくれるような誠実な人でなければならない。

それを見極め、条件に当てはまった人物にこの身を差し出すのがアイルの役目だ。

これまでは主に爵位がある家の嫡男に声をかけていたが、彼らは女性軽視の傾向があり、さらにアイルのために多額の費用を出してくれそうにもなかった。そんな男性ばかりを見てきたせいで、自分が求めているような男性はいないのだと、アイルは半ば諦めかけていた。

けれど、クラウスに出会った。出会ったと言っても、前々から彼のことは知っていた。彼が候補に入っていなかったのは、長男ではなく次男だったからだ。

彼自身が優秀なのも知っていたが、そういう人間はたいてい野心があり、誰かを蹴落としてでも這い上がろうとする。だから、アイルのような目的を持って近づく人間は歯牙にもかけない。野心を持っている男は皆、オリヴィアのような爵位の高い家の娘を欲しているのだ。

クラウスも例に漏れず、オリヴィアに近づこうとしていた。

最初はアーヴェルのことがあってクラウスを引き止めようとしたが、彼と直接話してみて、彼がそれまでの貴族の男たちとは違うと感じた。だからアイルは決めたのだ。

彼ならきっと、アーヴェルを助けてくれる。

アーヴェルが健康になるのなら、自分が犠牲になっても構わなかった。そのためなら、好きでもない男と結婚することも厭《いと》わないと思っていた。

アイルの願いはただ一つ。アーヴェルが元気になることだ。

アーヴェルはアイルを必要としてくれている。だからアイルは彼のために何でもすると決めていた。

それがおかしいことだとは思わず生きてきた。

アイルは、アーヴェルのために生まれてきたのだから。

クラウスは、アイルが頼めばアーヴェルの治療費を出してくれるだろう。そんな気がした。

毎年のように個人的に孤児院に寄付をしている優しい人だし、それに、アイルが止めたら閨《ねや》の練習をやめる、という理性を試すような口約束ですら守ってくれている彼のことだから、アーヴェルが治るまで援助してくれるに違いない。

だから、彼を利用してアーヴェルの治療をしたかった。熱を出して寝込んだりしない、普通の男性と同じような体にしてあげたい。

以前はそう思っていた。

クラウスは、初めてアイルの内面を受け入れてくれた人だ。

貴族の男性は、貶されれば激怒し、女はただ笑っていればいいのだと言う。特にアイルは容姿が優れているため、飾りとして隣に置いておくには適しているらしい。だから彼らは、黙って微笑んでいろと、笑えないのならアイルの存在価値などないと言った。

しかしクラウスは、そんなことは一切言わなかった。アイルが微笑まなくても文句を言わず、素のアイルを受け入れてくれた。

作り笑いも、色っぽく見えるような仕草も、クラウスの前ではしなくていい。彼は、アイルが冷たい視線を向けても笑って受け流し、きつい言葉をぶつけても自分の都合のいいように解釈して嬉しそうにしている。それが、物として扱われ続けたアイルの心をどれだけ救ってくれたか、彼は分かっているだろうか。

今まで、アーヴェルのために生きることが普通だと思っていた。だからよりよい結婚相手を求めていた。愛なんてなくてもいい。ただ、お金さえ出してくれればそれで良かった。

それなのにどうだろう。今は、クラウスが裕福でなくても、将来有望でなくても構わないと思っている。もちろんアーヴェルの治療費は必要だ。けれど、それをクラウスが出す義理はない。

懸命に最高の男になろうとしている彼を、野望のために努力している彼を、アイルは好ましいと思う。

だから彼には、幸せな人生を歩んでもらいたかった。

恋人ではないけれど、二人の関係はうまくいっていると思っていた。けれど今、彼はアイルに対して憎悪を感じているようだ。

クラウスに無理やり犯された日、彼に何があり、なぜアイルにそんなことをしたのかは分からない。訊いても彼は答えてくれなかった。ただ、彼がアイルを憎みながらも必要としてくれたことは理解している。

だから逃げ出さずにこうしておとなしくしていた。

クラウスを変えてしまったのはアイルだ。あの日、アイルがクラウスに目をつけなければ、彼が変貌することはなかった。

アイルと関わらなければ、あんなに優しい彼が女性に乱暴を働くことはなかっただろう。彼に申し訳ないと思う気持ちと、乱暴でもいいからもっと求めて欲しいという相反する気持ちがアイルの中で鬩《せめ》ぎ合っていた。

アイルはずっと、アーヴェルを心のよりどころにして生きてきたが、それは〝誰かに必要とされたい〟その一心だった。アイルがアーヴェルに依存していたのは、彼がいなければ生きている意味が分からなかったから。それだけなのだ。

アーヴェルはアイルを必要としてくれている。けれどアイルはアーヴェルを本当の意味では必要としていなかった。自分の存在価値を示すために、兄を利用していただけだった。

アイルの中でクラウスの存在が大きくなって初めて、そのことに気づいてしまった。

アイルが必要としているのは、アーヴェルではなくクラウスだ。

必要とされたいと思うばかりだった自分が生まれて初めて、〝この人が必要だ〟と思った。それが嬉しかった。

だからきっと、クラウスがアイルを必要としなくなっても、アイルは彼を心の支えにして生きていけるだろう。

この先の人生、彼のことだけを考えて、彼の成功を願って生きていける気がする。

そう考えていた矢先のことだった。

クラウスが、オリヴィアと会うと言った。

とうとうこの日がきてしまった、と思った。

クラウスが自分の手を離す時は必ずくると思っていたが、こんなに早いとは思っていなかった。

覚悟はしていたので、自然に笑うことはできた。けれど、不覚にも涙を流してしまった。嬉し涙だと誤魔化したが、彼は信じてくれただろうか。

オリヴィアは心優しく、控えめな女性だ。口答えをせずに男性に従う性格なので、きっとクラウスと合うだろう。

オリヴィアを想っているアーヴェルのことは気がかりだったが、兄には彼女を諦めてもらうしかない。あんなに完璧な女性は他にはいないので、彼に次の恋をと進言しても当分は無理だろう。

それでも、いつかきちんと治療を受けて元気になれば出会いの場は広がるはずだ。そこで新しい恋を見つけてもらおう。

アイルは、無言で自分を抱き、そのまま寝てしまったクラウスをじっと見つめた。いつも綺麗に整えられている髪が頬にかかり、なんとも無防備な様子で寝息を立てているその姿に、自然と笑みが浮かぶ。

幸せになって欲しい。心から思った。

けれど、クラウスが幸せになるためには自分は邪魔なのだ。だから、ここから逃げ出そうと決めた。

クラウスにもオリヴィアにも幸せになってもらいたい。いくらオリヴィアがおとなしい人でも、愛人の存在を許したりはしないだろう。

オリヴィアは、愛する人と二人でひっそりと暮らしていくのが夢だと言っていた。

彼女もクラウスと接しているうちに、きっと彼のことを好きになるだろう。

だから、願う。

幸せに。

どうか、幸せに。

溢れ出る涙に気づかぬふりをして、アイルはクラウスの頬に口づけた。

❀
❀
❀

アイルの涙が頭から離れないまま、オリヴィアとの顔合わせの日がきてしまった。

クラウスは、迷いが拭えないまま約束の場所へ向かっていた。

今朝のアイルは、普段どおりだった。

昨夜、オリヴィアと会うと言った時、アイルは涙を流した。その涙の理由が分からないことに苛つき、クラウスはまた乱暴にアイルを抱いた。

優しくしたいのに、凶暴な感情に支配された自分を制御できなかった。

なぜこんなふうになってしまったのだろう。

最初は、自分の自尊心を守りたくてアイルの申し出を受け入れただけだったのに。噂とは違う彼女を知って、彼女の内面に触れて、徐々に惹かれていって、そして裏切られた。

いや、裏切られたという言葉は適切ではないかもしれない。

クラウスが勝手にそう思っていただけだ。アイルは最初から、好きだから一緒にいたいなんて言っていない。彼女がどんな理由で近づいて来たのかクラウスが知らなかっただけだ。そして彼女も、それを口にしなかっただけ。

彼女はクラウスに、自分を好きになってくれなんて一言も言わなかった。それなのにクラウスが勝手に盛り上がって、勘違いをして、玉砕しただけなのだ。

アイルの目的を考えようとしなかった自分が悪い。そして、その勘違いのまま身勝手に陵辱《りょうじょく》したのだ。合意ではなかったのだから、アイルに訴えられてもおかしくはない。

冷静に考えれば、そう思える。

けれど、頭では分かっていても心はそう簡単に割り切れなかった。

結局、アイルは他の女性たちと同じだった。クラウス自身のことなんて見ていなかった。それがひどくつらい。

重い心を抱えたまま、クラウスは目的の広場に足を踏み入れる。

オリヴィアはすでに来ていて、木陰にあるベンチに座っていた。クラウスも早めに家を出て来たのだが、彼女に遅れをとってしまったらしい。

「オリヴィア様、遅れて申し訳ありません」

足早に近づいて頭を下げると、オリヴィアはすぐに立ち上がって微笑んだ。

「いいえ、まだ約束の時間にはなっていませんから。私が早く来てしまったのです」

女性を待たせるのは紳士のすることではない。そう思っていたクラウスは、オリヴィアの優しい言葉に安堵の息を吐き出す。

気を取り直すとすぐに、自分が一番完璧だと思う笑顔を作り、オリヴィアの碧の瞳を覗き込んだ。

「こうして話すのは初めてですね。改めまして、クラウス・ダークベルクです」

「オリヴィア・ヒンシェルウッドです」

オリヴィアは完璧な淑女の礼をして応えた。様になっているその挨拶と笑みに、やはり彼女は侯爵家の令嬢であり宰相の娘なのだと思った。

公平で人格者と名高い宰相の娘であるオリヴィアは、アイルのような悪評は一切ない。きっと彼女自身も周りから高く評価される性格なのだろう。

「少し歩きませんか？」

クラウスが誘うと、オリヴィアは快く承諾してくれた。

「今日は、わざわざいらしてくださりありがとうございます」

半歩後ろを歩くオリヴィアに感謝の意を伝えると、彼女は穏やかに笑う。

「こちらこそ。父がクラウス様に無理を言ったのではないですか？」

本当は宰相が提案してくれたことだが、それを肯定してしまえば、クラウスが嫌々ここに来たのだと思うだろう。クラウスは不自然にならないように否定する。

「とんでもない。私から、オリヴィア様と会わせてくださいとお願いしたのですよ」

オリヴィアはそれ以上何も言わなかった。きっとクラウスの言葉を完全には信じていないだろうに、それを顔に出さずに微笑んでいる。

こうして話しているだけでも分かる。オリヴィアは控えめな女性だ。彼女はきっと、聡明で余計な口出しをしない女性であり、夫を陰から支える良妻賢母になるに違いない。クラウスが求めていたのは、彼女のような女性だ。

オリヴィアこそ理想の女性。

それなのに、どこかでまだ迷いが消えていない自分に気づく。

それを振り払うように、クラウスは立ち止まった。それに合わせるように半歩後ろで足を止めたオリヴィアに体ごと振り向き、真っ直ぐに彼女を見つめて問う。

「もし私と結婚して欲しいと言ったら、オリヴィア様はどうされますか？」

するとオリヴィアは、驚いた様子もなくふわりと微笑んだ。

「クラウス様はとても優秀でお優しい方だから、結婚すれば幸せになれそうですね。それに、あなたを特に気に入っている父も喜ぶと思います」

オリヴィアはおっとりとした口調でそう答えた。それを聞いてクラウスは、完璧であるはずの自身の笑みがぎこちなくなったのを感じた。

——オリヴィア様が断ってくれるのを期待していたのか。

そう思って初めて、クラウスは自分の気持ちに気づいた。

オリヴィアから拒否されれば宰相の顔を潰さなくて済むと、心のどこかで思っていたのかもしれない。

クラウスは、自分の野望を打ち砕く役をオリヴィアに押しつけようとしていたのだ。そうすれば、何の後ろ盾にもならないアイルを選ぶ理由になる。

そんな卑怯な考えを持っていた自分を恥じた。

オリヴィアの顔を直視できなくなり、思わず視線を逸らしてしまう。

それに気づいたのか、オリヴィアは少しだけ首を傾げると、窺うようにクラウスを見上げた。

「クラウス様が結婚したいと思ってくださるのは、私が宰相の娘だからではないですか？」

核心をつかれ、クラウスは一瞬黙ってしまった。しかしすぐににっこりと笑みを浮かべて取り繕う。

「まさか。オリヴィア様が魅力的な女性だからですよ」

「まあ。ありがとうございます」

お互い、口先だけの言葉だ。そしてそれを二人とも分かっている。それでもオリヴィアは穏やかな笑みを絶やすことはなかった。

彼女は自分よりも上手《うわて》だと、クラウスは今更気づいた。

オリヴィア・ヒンシェルウッドはおとなしく人々の言葉を受け入れる聖女ではない。ただ流されるばかりではなく、相手の腹を探って本音を引き出そうとするとは、さすが宰相の娘だ。

クラウスが感心していると、オリヴィアは、道端で雑草に交じって咲いている白い花に視線を向けながら言った。

「クラウス様は、好きな女性はいますか？」

その言葉に、真っ先に頭に浮かんだのはアイルだった。

涙を流しながら微笑んだアイルの顔が、脳裏にこびり付いて離れない。

そうだ。クラウスが好きなのはオリヴィアではなく、アイルだ。

クラウスは素直な気持ちでそう思った。

こんな気持ちのまま求婚するなど、オリヴィアに失礼ではないか。

アイルの気持ちを知るために、彼女を利用した。自分はなんて汚い人間だろうか。

「オリヴィア様、申し訳ありません」

クラウスは深々と頭を下げた。唐突な謝罪にも、彼女は表情を変えない。

「何を謝るのですか？」

静かに問うオリヴィアに、クラウスは頭を下げ続ける。

「私はオリヴィア様と結婚する意志がないのに、顔合わせの場を設けてもらいました。ヒンシェルウッド侯爵とオリヴィア様の顔に泥を塗るような真似をしたのです。誠に申し訳ありません」

紳士としてあるまじき行為だ。自分を許せないクラウスは、オリヴィアが許してくれるまでいつまででも謝るつもりだった。

けれど彼女は、なぜかくすりと笑った。

「クラウス様には、心に決めた方がいるのでしょう？」

確信に満ちたその言葉に、クラウスは驚愕を隠せぬまま弾かれたように顔を上げる。すると、まるで幼子を見守る母親のような表情をしたオリヴィアが、優しくクラウスを見つめていた。

「……はい」

アイルの顔を思い浮かべながらクラウスが素直にうなずくと、オリヴィアは初めて素の笑顔を見せてくれた。淑女然としたそれではなく、子供が無邪気に笑った時と同じその笑顔に、クラウスは目を瞠る。

そして彼女は、内緒ですよ、と前置きしてから小声で言った。

「今まで父に言うことができなかったのですが、実は、私にもいるのです」

オリヴィアの告白は、クラウスに笑みを取り戻させてくれた。

彼女はクラウスの罪悪感を払拭してくれたのだ。そして、断っても顔を潰すことにはならないのだと教えてくれた。

それを理解したクラウスは、オリヴィアに勢いよく頭を下げる。

「ありがとうございます、オリヴィア様！」

クラウスが満面の笑みを浮かべて感謝をすると、オリヴィアは嬉しそうに微笑み、腰を屈めて道端の白い花を摘んだ。そしてそれをクラウスに差し出す。

「早く行ってあげてください。クラウス様の大事な方のところへ」

花を受け取ったクラウスは、もう一度深く頭を下げてから、広場の出口に向かって走り出した。

❀❀❀

クラウスがオリヴィアに会いに屋敷を出た後。

アイルは自ら鍵を開けて寝室から出て、クラウスの私室にあるクローゼットからドレスを取り出して身繕いした。

クラウスがそこに新しいドレスを隠しているのは知っていた。アイルが着ていたドレスは引き裂かれてしまったので、何かあった時のために用意してくれていたようだ。けれど今までは、自らの意思で夜着を身に着けていた。

アイル自身の持ち物は、クラウスがくれた花の髪飾りだけだ。それを髪に飾り、クラウスの私室の扉に手をかける。

「……さようなら、クラウス様」

本人はいないけれど、深く一礼して呟いた。

一時でも必要としてくれて嬉しかった。この思い出を胸に、これから生きていこうと思う。

私は、大丈夫。

心の中で強く唱え、アイルは部屋を後にした。そして、数少ない使用人に見つからないように屋敷を出ようと、全神経を集中して出口へと向かう。

運良く誰にも会わずに門を抜け、裏道へ抜けようとしたその時、アイルの前に大きな影が差した。

はっと顔を上げると、筋肉質で大きな体躯の男がアイルの進行を妨げるように立ちはだかっていた。

「アイルちゃん」

「ヒュー様……」

いつも穏やかな表情をしている彼が、僅かに眉を寄せてアイルを見下ろしている。

「出て行くの？」

問いかける声は、確信しているそれだった。

「はい。クラウス様はオリヴィア様と結婚することになると思います。だから私はここにいてはいけないのです」

アイルは髪飾りに手を当て、ヒューから視線を逸らす。

「あいつにそう言われた？」

「……クラウス様にとって、私の存在は邪魔でしかありません。あの方には、思うとおりに生きてもらいたいのです」

直接出て行けと言われたわけではない。

それどころか、彼はアイルに何も言わなかった。けれど、クラウスがオリヴィアとうまくいくためには、アイルの存在は不必要だ。

「あいつさ、周囲には完璧人間なんて言われてるけど、結構アホなんだ」

突然、ヒューは明るい声でそんなことを言った。クラウスを貶しているような言葉ではあるが、温かみがあるその言い方に、アイルはヒューを見上げる。

するとヒューは、いつものように明るく笑った。

「見栄っ張りだから、誰にでもいい顔して、いい男のふりをして、そうやって自分の首を絞めてきたやつなんだ」

「そうですね」

アイルはつられて笑いながら、クラウスの作り笑いを思い出す。

あの笑顔は周りが求める〝完璧な笑顔〟だった。彼はいつもそれを顔に張り付け、周囲の期待に応えようとしていた。

「アイルちゃんは、あいつのそんな駄目なところを知って幻滅しなかった?」

「幻滅だなんて……私はしません。むしろ知ってからのほうが好感が持てました。あの笑顔、なんだか胡散臭いと思っていたんです」

真面目な顔でアイルが答えると、なぜかヒューは吹き出した。

「ははは…！　あいつの笑顔が胡散臭いなんて言ったの、アイルちゃんが初めてだ！」

腹を抱えて笑い続けるヒューに、アイルは眉を寄せる。

面白いことを言った覚えはない。それなのにどうして彼は、涙が滲むほど大笑いしているのだろうか。

怪訝に思っているアイルに説明する気はないようで、ヒューは笑い過ぎて痛くなったらしい腹部を押さえながら、反対側の手を振った。

「馬鹿なあいつが悪いな。あいつのしたことは許されないことだ。だから、アイルちゃんは好きにするといいよ」

クラウスが帰って来る前にここから離れな、とヒューは言う。

ヒューはクラウスの親友であるため、勝手に抜け出して来たアイルを止めると思っていた。けれど見逃してくれるらしい。

アイルはうなずくと、小さく微笑んだ。

「ありがとうございます。私は、遠くからクラウス様の幸せをお祈りします」

言って身を翻そうとしたアイルに、ヒューが慌てた様子で声をかける。

「遠くからって……アイルちゃん、家に帰るだけだよな？」

「はい、そうです」

アイルの答えを聞いて、ヒューは安心したように笑う。

「そっか。……何か、アイルちゃんが今にも消えそうに見えたからさ。引き止めてごめん。あいつに捕まらないように気をつけて帰ってな」

優しい言葉をかけてくれるヒューに笑みを返し、アイルは歩き出した。

ヒューにはああ言ったが、クラウスを篭絡するまでは帰って来るな、と監禁される前に母に言われていた。目的を達成できなかったアイルには、家に帰る資格はないのだ。

それに、アイルには頼る友達もいなかった。だから、行くあてはない。

それでも足を動かし続けることしかできなかった。

アーヴェルのために治療費を出してもらうことができなかったアイルは用なしだ。侯爵家の後ろ盾を得ようとしているクラウスにとっても、アーヴェルの病気を治そうとしているビオルカーティ家にとっても、必要のない人間になってしまった。

これからアイルが他の貴族を篭絡すればいいだけの話だが、クラウス以外の男性と触れ合う気にはなれない今のアイルではそれも難しい。

アーヴェルの病気を治すことよりも、クラウスの幸せを願ってしまった。

兄よりもクラウスを選んだアイルは、ビオルカーティ家の門をくぐることは許されない。

用なしとなったアイルに帰る場所はなかった。

それでも構わないと思った。貧乏生活を送ってきたアイルには、ある程度生活能力がある。きっとなんとかなるだろう。
だから、今はただ、クラウスの成功を願おう。
彼が野望を達成できるように、アイルには祈ることしかできなかった。

第五章

オリヴィアと広場で別れたクラウスは、急いで屋敷に戻って来た。

アイルがどんな気持ちでクラウスと一緒にいるのかは分からない。けれど、そんなことは関係ないのだと気づいた。だからクラウスは、彼女に素直な気持ちを伝えようと思ったのだ。

クラウスは私室の棚にオリヴィアから受け取った花を置くと、足早にアイルがいる部屋に向かう。

しかし寝室のドアを開けようとした時、違和感を感じた。鍵がかかっていないのだ。

「アイル……？」

慌てて部屋の中を確認したが、アイルはいない。

いつも座っている窓辺の椅子にも、ベッドの中にも、浴室にもアイルの姿はなかった。

使用人たちに訊いたが、誰も見ていないと言う。

まさか、出て行ったのか？

今までそんな素振りは見せなかったのに。なぜ突然逃げ出したんだ？

原因を考えていたクラウスは、ふとアイルの涙を思い出す。

俺が、オリヴィア様と会うと言ったからか……？

それが原因かもしれないと思い当たったクラウスは、クローゼットを開けて、用意していた新しいドレスがなくなっていることを確認すると、すぐさま屋敷を飛び出した。

こっそりと鍛錬を行う時以外は、全力で走ることなんてなかった。

焦った様子をちらりとでも見せればつけ込まれてしまうので、常に余裕のある態度で人と接しなければならなかったからだ。

何にも動じない。クラウスが目指すのはそんな人間である。

人の上に立つ人間は、泰然としているものだ。思慮深く冷静沈着に物事を見極められるようにならなければ、高位高官なんて夢のまた夢なのだ。

だから人前で全速力で走ったり、飛び上がって驚いたり、大口を開けて笑ったりなんてできないと思っていた。

それなのに今、クラウスはアイルを探して走っている。それを周りの人間は驚いたように見ていた。

ずっと人目を気にして生きてきたというのに、その視線が気にならなかった。周りにどう思われてもいいと、初めて思えた。

今はただ、アイルに会いたい。その一心だった。

「血相を変えてどうしたんですか？」

街へと続く道の途中、突然声をかけられた。その声に聞き覚えがあったので、クラウスは慌てて足を止める。

「あなたは……」

弾む息を整えながら、クラウスは息つぎの合間に声を出した。すると、クラウスの目線の先にいる人物が微笑む。

「アイルの兄の、アーヴェルです」

アイルと似た顔に穏やかな笑みを浮かべたアーヴェルは、そう言ってじっとクラウスを見つめた。

まるで品定めをするようなその瞳に、クラウスは戸惑う。

クラウスの足の先から頭の先まで視線を走らせたアーヴェルは、笑みを深めると、手土産らしい包みを持ち上げてみせた。

「アイルが何日も帰って来ないので、心配になって様子を見にきてしまいました。アイルは今、あなたの屋敷にいるんですよね？」

ビオルカーティ家には使いをやって、アイルがクラウスの屋敷にいることは伝えてあった。アーヴェルは妹を心配して会いに来たらしい。

「……いません」

低く呻くように答えたクラウスに、アーヴェルは首を傾げる。

「いない？　では、どこにいるのですか？」

「分かりません。先ほど家に帰った時には、もういませんでした」

言葉を吐き出すと同時に、クラウスもその事実を改めて思い知る。

「アイルが自ら出て行ったのですか？　あなたに黙って？」

追い討ちをかけるようなアーヴェルの言葉に、クラウスは視線を落とした。

「はい。今朝出かける時は、いつもと変わらない様子だったんですが……」

「そうですか」

アーヴェルはあっさりと頷いた。

「このまま、自由に生きてくれればいいんですけど」

その言葉の意味が分からず、クラウスは眉を寄せてアーヴェルに視線を戻した。すると
アーヴェルは、顔を横に向け、どこか遠くを見るような眼差しでぽつりと呟く。

「僕がいるせいで、アイルは自由に生きられないんです」

言って、泣きそうな顔で続けた。

「母は、僕の体が弱いのは自分のせいだと思っているんですよ」

「……それは、なぜですか？」

話の繋がりを求めてクラウスは問う。するとアーヴェルは、アイルと似た儚げな微笑みを浮かべた。

「母は持って生まれた美貌のせいで苦労をしたらしく、貧しくても誠実な父を選んで結婚しました。でも母は一時期、そんな自分の人生に疑問を持ち、父以外の男性に目移りをしてしまったそうです。その男性とは何もなかったらしいですが、その直後に身ごもって僕が生まれた。だから僕が病弱なのは、一時でも父以外に惹かれてしまった不実な自分に神が罰を与えたのだと、本気でそう思っているのですよ」

「それは……」

関係ないでしょう。とクラウスが言うと、アーヴェルは小さくうなずく。

「はい。母の思い込みです。けれど、そんな事情があるせいで母は僕を溺愛していましてね。健康に生まれたアイルを道具のように扱うんです。きっとアイルを自分の分身のように見ているんですね」

クラウスの眉間の皺が深くなる。それを見て、アーヴェルはなぜか嬉しそうに笑った。

「アイルが貴族の嫡男にばかり声をかけていたのは、僕の治療費が必要だからなんです。母はアイルに、貴族を篭絡して治療費を出させろと毎日のように言っていました。だからアイルは、自分のために生きることができない……」

もしそれが本当なら、なんて悲しい話だろうか。アイルは母親にそんなひどい扱いを受けていたというのか。

ああ、そうだ……。

クラウスは思い当たった。あの日、自分はアイルと母親の会話を聞いていたのに、なぜ気づかなかったのだろう。

アイルは母親の言葉に従っていただけだと。彼女自身が悪意を持ってクラウスに近づいたわけではないのだと。

アイルが自分を騙していた。そのことだけに気をとられて、頭に血が上って、その真意を考えようとしなかった。

愚かな自分に、クラウスは頭を抱える。

「アイルが出て行ったということは、あなたはアイルを拒絶したのですか？　僕の話を聞いても驚かないのは、アイルがあなたに近づいた理由が分かっていたからでしょう？」

落ち込むクラウスへ感情のこもらない瞳を向けてくるアーヴェルに、クラウスは口元を歪めて首を振る。

「……理由は分かっていました。だから閉じ込めて、ひどいことをしてしまった。それでもアイルは笑って一緒にいてくれたんです」

詳しいことは口にしなかったが、アーヴェルは納得したように頷いた。そしてクラウスを睨むように瞳を細めて言う。

「アイルはきっと嬉しかったのでしょう。家に帰ることも許さないくらいにあなたがアイルを必要としたから」

「だったら、なぜ出て行ったりなんか……！」

今朝も笑って送り出してくれたから、アイルはずっとそこにいるのだと思い込んでいた。たとえオリヴィアと結婚することになっても、アイルはクラウスのものでいてくれる。そんな最低なことすら考えていた。

「これは僕の憶測ですが……アイルが出て行ったのは、あなたに必要とされなくなったからじゃないですかね」

動揺しているクラウスに、アーヴェルは追い打ちをかけるように淡々と言った。その言葉に、クラウスは大きく目を見開く。

「な……っ！　必要がないなんて思っていない！」

「だって、あなたはアイルよりもオリヴィア様を選んだのでしょう？」

クラウスが声を荒げると、アーヴェルが責めるような眼差しを向けてきた。

なぜアーヴェルがそれを知っているのだろうか。

クラウスがオリヴィアと会うことをアイルに話したのは昨日だ。昨夜はずっとアイルはクラウスと一緒にいたのだから、今日アイルと会っていなければ知り得ない情報だ。

「アイルに会ったのか？」

丁寧な言葉遣いも忘れ、クラウスはアーヴェルを睨んだ。

アーヴェルにアイルを会わせたくない。だから彼女を監禁していたのに、二人は会ってしまったのだろうか。

しかし、クラウスの懸念をアーヴェルは否定する。

「僕は、オリヴィア様から聞いたのです。あなたと会うことになったと」

「オリヴィア様が……」

予想外の言葉に、クラウスは虚を衝かれ、肩透かしをくらった気分になった。今にもアーヴェルに襲い掛かりそうになっていた腕を力なく下ろす。

「オリヴィア様と僕たちは、幼い頃からの友人同士なんですよ。昨日散歩中に偶然会ったオリヴィア様からその話を聞きました」

「そう、ですか……」

「それで、オリヴィア様を選んだはずのあなたが、どうしてアイルを探しているのですか？」

今度は感情を抑えることなく、怒りを含んだ声でアーヴェルはクラウスを非難した。

彼が怒るのはもっともだと思う。クラウスは彼の怒りを受け止めながらも、硬い声で決意を告げる。

「オリヴィア様には、心に決めた女性がいると言ってきた。遅くなってしまったけど、俺はオリヴィア様ではなくアイルを選ぶと決めた」

真っ直ぐにアーヴェルを見つめると、彼はふっと冷笑した。

「アイルを選んでも、あなたには何の利もないのに？」

意地の悪い質問をしてくるのは、アーヴェルがクラウスの言葉を信じていないからだろう。

「それでも、俺はアイルを選ぶ。生涯一緒にいたいと思うのは、アイルだけだから」

クラウスがきっぱりと言い切ると、アーヴェルは途端に破顔した。瞬時の表情の変化に、クラウスは絶句する。

「あなたの気持ちは分かりました。でも僕はアイルの居場所は分かりませんから、自分で探してくださいね。本気なら一人で探し出せますよね？」

にっこりと微笑みを浮かべ、アーヴェルはクラウスの手を握る。

先ほどまでの険悪な態度は何だったのか。突然友好的な態度をとるアーヴェルに、クラウスは、やられた！　と思った。

彼はクラウスを試していたのだ。怒ったふりをして、クラウスの本気を測った。

騙されたことにくやしさを覚えながら、クラウスは引き攣った笑みを浮かべる。以前の自分ならこんなに簡単に騙されなかっただろう。それが分かるからこそ、余計にくやしい。

心の声をそのまま表情に出してしまっていたらしいクラウスを面白そうに眺めていたアーヴェルは、そういえば、とわざとらしく言って笑みを浮かべた。その笑顔がアイルに似ているのが腹立たしい。

「母が自分を責める原因になった男性は、あなたの父親だそうですよ。だから母はあなたのことが大嫌いみたいです。でも僕はあなたが好きですよ。今はまだ、ね。」

「アイルを見なかったか？」

機嫌の良さそうなアーヴェルに見送られ、再びアイル捜索に戻ったクラウスは、なぜか一人で街中をふらついていたヒューを見つけ、全速力で彼に近づいた。そして彼の逞しい肩を強く掴む。

ヒューは、突然目の前に現れたクラウスに驚いたように、忙しなく瞬きを繰り返した。

「おいおい、どうした？　お前がそんなに慌ててるところは初めて見たぞ」

「アイルがいなくなった。ずっとおとなしくしていたのに、突然逃げ出したんだ！」

余裕なく叫ぶクラウスとは反対に、ヒューは冷静に、ああ……と呟いた。

「お前、アイルちゃんより宰相の娘を選んだんだろ？」

冷たい口調でそう言ったヒューは、残念な人間を見るような目でクラウスを見る。

ヒューにそれを告げた覚えはない。なのになぜ知っているのだろうか。けれどそんなことを悠長に考えている余裕はなかった。

クラウスは大きく首を横に振って否定する。

「違う！　それは断ってきたんだ！　オリヴィア様よりもアイルのほうが大事だって気づいたから、ちゃんとそれを伝えてきた！」

「断った？　へえ……」

クラウスが必死に言い募っても、ヒューの眼差しは変わらない。親友の冷たい態度に、クラウスは失意を抱いた。

「信じてくれないのか？」

恐る恐る訊くと、ヒューは軽く首を振る。

「いや、信じるよ。お前は嘘をつくようなやつじゃないしな」

「だったらなんでそんな顔をしているんだ？」

言葉ではそう言ってくれるが態度はおかしいままだ。疑惑が晴れないことに苛立ち、クラウスはヒューを凝視した。するとヒューは、仕事の時にするような厳しい表情でクラウスを見返す。

「さっき、アイルちゃんは、自分は邪魔者なんだと言っていた」

「アイルに会ったのか！」

言葉の意味を考えるよりも、ヒューがアイルと会ったことを匂わす内容を口にしたことに気をとられ、クラウスは思わずヒューの胸倉を摑み上げた。

そして同時に、だからヒューは、クラウスがオリヴィアと会ったのを知っているのだと合点がいった。

「ああ。さっき会って話した。と言っても、アイルちゃんはすでにお前の屋敷を抜け出してたから、会ったのは道でだけどな」

「そうか……で、何だって？　アイルは自分が邪魔者だって言ったのか？」

ヒューがあっさりと白状したことで気持ちが落ち着き、クラウスは先ほどのヒューの言葉を脳内で反芻し、やっと理解した。そして愕然とする。クラウスはアイルが邪魔だと思ったことは一度もない。それなのに彼女は、そう思っていたというのか。

「アイルちゃんにそんなことを言わせたのは誰だ？　そう思わせたのは誰なんだよ？　お前がこれまでしてきたことは最低の行為だぞ」

射るような視線でヒューはクラウスを見下ろした。

そういう目で見てきたのは二人目だ。アーヴェルとヒュー。二人とも、クラウスの不甲斐なさを責める。

しかし今のクラウスにはそれがありがたかった。自分が一番悪いのだと分かっているから、責められても仕方がないし、むしろ愚かな自分をもっときつく叩きのめして欲しかった。

クラウスは噛み切るくらいの強さで唇を噛み締めると、ヒューの胸倉から手を放し、自分の胸に手を当てた。

「俺だよ！　分かっている。俺が馬鹿だったんだ。アイルが誰を一番想っていても構わなかったんだ。そんなことより、俺自身が彼女をどう想っているかが大事だった。そんなことにも気づかない大馬鹿だよ、俺は！」

街中に聞こえるのではないかと思うくらいに大きな声で、クラウスは叫んだ。

ざわざわとした喧騒の中で、驚きの声がちらほらと聞こえてくる。

けれどそんなものはどうでもよかった。責められるべきは自分だ。アイルにそんなことを言わせたのは、自分のことしか考えていなかった馬鹿な自分自身なのだ。

そんな愚かな自分が体裁を繕ってどうする。馬鹿の上塗りをして、ますます大事なものを遠ざけるだけではないか。

自分を偽るのをやめたクラウスに、ヒューが大きく口を開けて笑った。

「今のお前だったら、アイルちゃんは戻って来てくれるかもしれないな」

それはどういう意味かを訊く前に、ヒューはクラウスの背を押した。

「ほら、早く行けよ。きっとまだ遠くには行ってない」

言われて、クラウスの脳内はアイル一色になった。ヒューへの疑問も忘れ、彼女を探さなければ、という思いでいっぱいになる。

「ああ。じゃあな！」

クラウスはヒューに手を上げると、再び全力疾走をして街を抜け出した。

しかし、クラウスの屋敷から街の中までくまなく探したがアイルの姿は見当たらなかった。

――そうだ。アイルの家に行ってみよう。

もしかしたら家に戻っているかもしれないと思い、彼女の家への道を辿った。彼女と母親の会話を聞いてしまった時以来である。

すると目的の家の前には、門に体を預けるようにしてアーヴェルが立っていた。クラウスがヒューと街中で一悶着起こし、アイルを探し回っている間に、彼は家へと帰っていたらしい。

「髪が乱れていますよ。冷静沈着なあなたらしくない」

クラウスに気づいて壁から体を離した彼の顔には、からかうような笑みが広がっている。

「アイルは？」

アーヴェルとゆっくり話している場合ではない。クラウスは彼の言葉を無視して、真っ先にアイルがいるかを訊いた。

「帰って来ていません。……帰って来られないのでしょう」

アイルがいないということに落胆したクラウスだったが、意味深に呟くアーヴェルを見て眉を顰めた。

「なぜ？」

「母が、あなたをものにするまでは帰って来るなとアイルに言っていたんです。だから、あなたに捨てられたアイルはここには帰って来られないんですよ」

先ほど誤解を解いたはずなのに、アーヴェルは意地の悪い言い方をした。クラウスはそんな彼に、真正面から視線を合わせる。

「俺はアイルが大事です。長年ひたすら守り続けてきた俺の自尊心を打ち破ってくれた彼女が、何よりも大事だと思っています。だから何としても彼女を探し出してみせます。そしてもうここには帰しません」

アーヴェルの挑発にのるつもりはないが、アイルは渡さないという宣言はしておきたいと思った。

彼女を利用するようなひどい母親のところに帰したくない。それにもう兄のために自分を犠牲にするような生き方はさせたくなかった。

クラウスの決意表明に、アーヴェルは寂しそうに視線を落とした。

「アイルはこれまで僕のために生きていた。けれど今はあなたのために生きているような気がします」

それを聞いて、クラウスは理解した。アーヴェルがクラウスに一々突っかかってくるのは、アイルをとられてくやしいからだ。

もしクラウスが彼の立場なら、同じようなことをしただろう。大事なものを奪われるのは、誰だって腹立たしい。

「くやしいから、アイルの居場所に心当たりがあっても教えません。でも、ヒントをあげましょう」

そう言って笑うアーヴェルは心底憎らしいが、今はどんな小さなヒントでも欲しかった。早くアイルを見つけてやりたい。

彼女が愛しいという気持ちが、爆発しそうになっていた。

クラウスは無言で先を促す。するとアーヴェルは、にっこりと花がほころんだような笑みを浮かべて言った。

「アイルは多分、花に囲まれていますよ。昔からそこが大好きなんです」

アーヴェルにもらったヒントをもとに、クラウスはこの地域一帯の花畑をすべて調べ、一つひとつに足を運んだ。

初めてクラウスの屋敷に泊まった日に、アイルが兄とよく花を摘みに行ったと話していたのを思い出したのだ。そこには大きな木があると言っていた。

アイルの家からそう遠くない場所だろうと目星をつけたのはいいが、ビオルカーティ家は緑が多い場所に建っているので、周りは自然だらけなのである。

そのため、花畑と言われている場所はたくさんあり、クラウスはとにかくしらみ潰しに探し回った。

そして、いくつめか数えるのも嫌になった頃、一面に広がる花畑の中、真ん中に一本だけ大きな木が立っているのを見つけた。

ここだ、と思った。

クラウスはゆっくりと木に近づいて行く。すると、しっかりとした太い枝に座ってぼんやりと茜《あかね》色の空を見上げているアイルの姿があった。

今朝別れたばかりなのに、もう何年も会っていなかったような気がした。

クラウスが用意していたドレスを身にまとっているアイルの、細くて頼りない背中が愛おしくて切なくて、クラウスは泣きそうになる。

「アイル」

クラウスが呼びかけると、アイルはびくりと体を震わせた。そしてゆっくりとこちらを振り向く。

「クラウス様……」

どうしてここに？　とアイルは不思議そうに首を傾げて木の下にいるクラウスを見下ろした。クラウスが探しに来ることは少しも想像していなかったらしく、彼女は心底理由が分からないというような顔をしている。

その手には、クラウスが贈った髪飾りが大事そうに握られていた。

裾の汚れたドレスを着たアイルが手にしていたのはそれだけで、他には何も見当たらない。

「どこに行くつもりだったんだ？」

責める気はなかったが、アイルは叱られたと思ったらしい。小さく首を竦ませて体を縮めると、ゆるりと首を横に振る。

「どこにも。……私の居場所はありませんでした」

アイルは寂しそうに笑った。

どんなに心細かっただろう。アイルの心情を思うと、クラウスの胸はひどく痛んだ。

「それは、君が兄よりも俺を選んだからか？」

頷いて欲しくてした質問だったが、アイルはクラウスから視線を逸らして無表情になってしまう。

「クラウス様は、オリヴィア様と一緒になったほうがいいのです」

感情のこもらない声だった。それは、彼女が必死に本心を隠しているからこその物言いだと、クラウスは思いたかった。

「クラウス様に私は必要ありません」

淡々と紡がれる言葉に、クラウスの胸は大きく軋んだ。

これがもしアイルの本音だったらどうしようか。そう思いながらも、これは本音ではないと強く否定する自分がいる。

嘘だからこそ、感情を込めないのだ。アイルはそうやってクラウスを遠ざけようとしている。

「それは、君の本音か？　俺は、君の気持ちが聞きたい」

クラウスはアイルに向かって両腕を差し出した。降りておいで、となるべく優しく囁くが、アイルはクラウスのほうを見ようとしない。

「……俺を見ろ、アイル」

命令口調になってしまったのは、焦りからだ。

アイルは本気でクラウスを拒絶しているのかもしれない。そう思ったら、早く彼女の目を見て本心を確かめたかった。

「アイル」

再び強い口調で名を呼ぶと、アイルはやっとクラウスと目を合わせてくれた。

「そこから降りて来てくれ。きちんと話そう」

視線を向けてくれたことに安堵したクラウスは、差し出した腕を大きく広げ、さあ……とアイルを促した。

アイルは少しだけ躊躇した後、木から降りるために枝の上に立ち上がる。そして足場となる何本かの枝を伝ってするすると器用に降りて来た。

しかし、もう少しでクラウスの手が届くというところでドレスの裾が枝に引っかかり、彼女は体勢を崩してしまう。

「危ない！」

クラウスが叫ぶと同時にアイルの体がぐらりと傾き、次の瞬間、落下した。

落ちてくるアイルの体を、クラウスは両腕で力強く受け止める。アイルは軽いし、そんなに高いところから落ちたわけではないので、思ったよりも衝撃は少なかった。日頃体を鍛えているおかげだろう。よろけて尻餅をつくという失態は演じなかった。

クラウスはやっと自分の腕にアイルを抱き締めることができて、ほっと満足な息を吐き出す。

「ごめん、アイル」

強い力でアイルを腕の中に閉じ込めながら、彼女の耳元で謝罪を口にした。するとアイルは、僅かに肩を揺らす。

「アイルに自分は必要ないなんて言わせてごめん。つらい言葉を口に出さなければいけない状況にしたのは、俺だ。全部俺が悪い」

だから、ごめん。

何度も謝るクラウスに、アイルは何も言わなかった。無言でクラウスの胸に顔を埋め、額を押しつけている。

「アイル、俺は君のことが好きなんだ」

素直に自分の気持ちを告白すると、アイルは驚いたように顔を上げた。その瞳はうっすらと濡れている。

「でもそれを自覚した時に、君と母君の会話を聞いてしまった……。君が俺に近づいたのは、アーヴェルのためだと知ってしまったんだ。その瞬間頭が真っ白になって、狂暴な気持ちに支配された」

「だから、突然あんなことを……?」

震える声で問いかけるアイルに、クラウスは眉を寄せて頷いた。

「君にひどいことをした。君が泣いて俺に縋ればいいと思ったんだ。そうすれば満たされると勘違いをしていた。いつもアーヴェルのことばかり話す君が、彼ではなく俺のことで頭をいっぱいにすればいいと思った。自分勝手で愚かな考えだろう？」

自嘲を込めて言うと、アイルは大きく首を振る。

「いいえ。クラウス様を利用しようとした私が悪いのです。クラウス様は愚かではありません。愚かなのは私のほうです」

アイルの口からはっきりと〝利用しようとした〟と言われたが、クラウスは不思議と穏やかな気持ちでそれを聞いていた。

それでもいい。

今までの自分は、周囲の目を気にし、己を取り繕うことしか考えていなかった。

アイルがクラウスの前に現れたのも、彼女がクラウスを選んだのも、きっと必然だった。

これは、体裁ばかりを気にして人の気持ちを考えてこなかった愚かなクラウスに、神が与えた試練なのだ。

神は、クラウスがアイルに惹かれるのを知っていたのだろう。そして、史上最短で宰相になるという野望と愛とを天秤にかけて選ばせた。

クラウスは野望を捨ててアイルを選んだ。それが間違いだとは思わない。むしろ、正解だと思う。

そう確信できるくらいに、クラウスはアイルのことが好きなのだ。

史上最短での宰相就任という野望は、クラウスの虚栄心を満たすためのものである。急いで宰相にならなくても、国をよくすることはできる。それは分かっていたのに、クラウスは自尊心ばかりを大事にしていた。名声によって自分の居場所をつくろうとしていたのかもしれない。

そんな自分に、その欠点を気づかせ、そして乗り越えさせてくれたアイルに、クラウスは感謝した。

俺は、もっともっと大きな人間になれる。

そんな自信を胸に、クラウスはアイルを真っ直ぐに見つめた。

「俺の幸せは、アイルと一緒にいることだ。オリヴィア様にはきちんと頭を下げてきたよ。俺に必要なのは、アイルなんだ」

一言一句、大切に紡ぐ。アイルが大事なのだと、クラウスは心を込めて告げた。

するとアイルは、苦しそうな顔で目を伏せてしまう。

「アイル、俺を見て」

優しく、囁くようにそう言うと、アイルはおずおずと顔を上げた。潤んだその瞳を覗き込んで、クラウスは繰り返す。

「俺には、アイルが必要だ」

「でも……」

アイルは瞳を揺らす。その顔は戸惑っているだけで、決してクラウスの気持ちが嫌なわけではないと分かった。

クラウスはそのことに勇気をもらい、彼女が心配しているのであろうことを説明する。

「野望は捨てていない。でも、やり方は変える。俺は、何にも頼らずに高位高官にのぼりつめてみせる。予定よりは少し時間がかかってしまうかもしれないけど、必ずだ。俺にはそれだけの実力があるからな」

「クラウス様……」

自信満々に言ってのけたクラウスに、アイルは僅かながらも笑みを浮かべた。

「これからは、アーヴェルのためではなく、俺のために生きてくれ」

言いながら体を離すと、アイルの手の中に髪飾りがあるのが見えた。ずっと握り締めていたらしいそれを手の中から取り出し、そっと髪に飾る。

そして真摯に青紫の瞳を見つめる。すると彼女は眉を寄せてクラウスを見つめ返した。

「いつも、誰かに必要とされたいと思っていました。お兄様は私を必要としてくれた。クラウス様も必要としてくれた。けれどいつかは不必要となるのです。私は、それが怖かった」

静かに語るアイルの瞳から、一筋、また一筋と涙が流れ落ちる。

「私は、必要とされることばかり考えていて、自分からは必要としなかった。クラウス様に惹かれて初めて、そのことに気づきました」

アイルの流す涙が綺麗で、ぼんやりとそれに見惚れている中、彼女が嬉しい告白をしてくれた。まさかそんなことを言ってくれると思っていなかったクラウスは、得意の笑みを作ることもできずに硬直する。

「クラウス様が私を必要としていなくても、私がクラウス様を必要としている。その想いだけでこの先の人生を生きていけると思ったのです」

思いがけず続いた愛の告白に、クラウスは大きく目を見開いた。

アイルが、クラウスを必要だと言ってくれたのだ。

「……アイルは俺のことが好きなのか？」

クラウスは信じられない気持ちでアイルを凝視する。すると彼女は、恥ずかしそうに僅かに視線を逸らしてうなずいた。

そんな可愛らしい仕草をするアイルが愛しいと思う気持ちを抑え切れずに、彼女の背中を木に押しつけて、勢いのままにその唇を奪う。

「……んっ……！」

まさかこんなところで口づけられると思っていなかったらしいアイルは、目を瞠って驚きの声を上げた。

アイルの官能的な上唇と下唇を食み、無防備に開いた口を割って舌を差し入れる。そしてアイルの舌を絡めとり、表面をすり合わせた。おずおずと応えてくれるアイルに、愛おしさが募る。

お互いに貪るように絡め合わせた箇所からじんわりとした心地良さが全身に伝わり、クラウスは自分を止めることができなくなった。

唇を離して、舌で耳の外側を舐め始めたクラウスに、アイルは慌てて身を捩る。

「クラウス様……！　こんなところで何をするつもりですか！」

アイルの狼狽した声も顔もいいな。もっと焦らせたくなる。

そんな不純な気持ちを抱きつつ、クラウスはにっこりと微笑む。今度は完璧な紳士の笑みだ。

「愛を確かめ合おうと思って」

クラウスの言動に、アイルは胡散臭そうな顔をする。この笑みに騙されないのは、さすがだと言えよう。

耳と首筋を指と舌で辿りながら、ドレスの紐を解いていく。いつもアイルが着ていた着脱が面倒なものではないため、簡単に胸をあらわにすることができた。

もちろんこういう目的のために用意させたものだから、クラウスでも簡単に脱がすことができるのだ。

夕日が差して茜色に染まったアイルの形の良い胸を、クラウスは手のひらで乳首を押すようにしながら両手で揉み上げる。そして乳頭を触れるか触れないかの強さで舐め上げ、時折ぐっと押し潰すようにして根元を圧迫した。

「君はここが好きだろう?」

そう言ってクラウスは、アイルをその気にさせるために、彼女の弱点ばかりを狙って触っていった。

「ぁん……ふ……ぅ……」

舌先で乳首を転がすと、アイルの口から甘い声が漏れる。もっと感じさせたくて、指でぐりぐりと押し潰し、抓《つね》るように軽く引っ張ってみた。

「や、……やです、クラウス様ぁ……」

クラウスの愛撫に甘い声を上げながらも、アイルは抵抗をやめない。

しかし女性の力など些細なものだった。クラウスは腕を突っ張って体を離そうとするアイルを簡単に押さえつけると、ドレスの裾をたくし上げてドロワーズの上から秘部を撫でた。

「っ…ああ…ん、ぅ……」

眉を寄せたアイルが、びくっと体を震わせる。それが可愛くて、クラウスは強めに割れ目に指を這わせた。布越しでも分かるくらいに濡れているそこは、じんわりとした熱をクラウスに伝えてくる。

「アイル、可愛いよ」

クラウスは素早くドロワーズからアイルの片足を抜き取ると、その足を抱え上げた。反対の手をあらわになった秘部に這わせる。するとそこは、クラウスを誘うようにひくひくと蠢《うごめ》き、大量の愛液を分泌していた。

そこをどうすればアイルが感じるのか、クラウスは日々学習していたのだ。

まずは愛液を指に塗りつけるように割れ目を往復し、その上部にある陰核に触れる。小さなそれはクラウスの指を押し返してくるので、強くなり過ぎない力でぐるりと円を描くように撫でた。

「ぃあ……！　やぁ…や、んっ……」

刺激が強いとアイルは訴えてくるが、彼女の抵抗を封じるためにはこれくらいしないと駄目だ。クラウスは体を引いて快感から逃れようとしているアイルの腰を引き寄せ、小刻みに陰核の刺激を与え続ける。

アイルはぎゅっと目を瞑り、クラウスの腕を力いっぱい摑んだ。

「だ、め……ぇ……っ！」

掠れた声を上げるアイルの耳に、クラウスは軽く歯を立てる。すると、駄目、嫌、と繰り返し言いながら、アイルは必死に快感を耐えて身を捩った。その様子が愛しくて、クラウスは自分の限界を感じ、手早くトラウザーズの前をくつろげる。

木に背を預けたアイルの両足を腕で抱え上げると、彼女は慌てたようにクラウスの首に手を回して自分の体を支えた。それを嬉しく感じながら、クラウスは痛いくらいに勃ち上がった猛りで膣を貫く。熱く吸い付くような膣内が、クラウスのものをすべて飲み込んだ。

「……っぁあ……！」

甲高い声を上げて、アイルがびくびくと体を震わせた。

アイルが感じると膣内がきつくなる。腰を引くとそこは離すまいと咥え込むように収縮し、挿入していくと奥へと誘うように蠢く。それを繰り返し、クラウスの猛りをきつく締め付けて快感を引き出すのだ。

初めて野外で繋がったからだろう。アイルは始めのうちは周りを気にして視線を泳がせていたが、そのうちそれを気にしている余裕がなくなってきたようだ。

アイルは激しい動きに振り落とされないようにクラウスに掴まっているのが精一杯のようで、顎を反らして荒い呼吸を繰り返していた。

まるで誘惑するように濡れている彼女の唇が視界に入ると、クラウスは引き寄せられるようにその唇を塞いだ。

「……んんっ……ん、あ、ん……っ」

舌を絡ませながら腰を振る。するとアイルは、口の隙間からいつも以上に甘い声を漏らした。

連動するように、今までにないくらいに膣が締まり、精液を搾り取ろうとしているかのように痙攣《けいれん》する。

「くっ……ぁ……！」

脳まで支配する快感に、クラウスはいっそう腰の動きを激しくした。膣内の最奥まで届くように深く突き上げ、アイルの舌を吸い上げる。

「やあ、ぁ…んんっ…ん！」

アイルの甲高い喘ぎ声が、クラウスの口腔で消えていった。

心が満たされ、体も満たされ、至上の快楽が二人を襲う。ぐちゅぐちゅという水音が、花畑の中に響き渡った。

「アイル、も、出る……！」

「あぁ、クラ、ウス様……ぁ、んんあ、ああ……！」

唇を離すことなく切羽詰まったように言ったクラウスに、アイルは小さく頷いて応える。

そして痛いくらいにきつく締まった膣内に大量の白濁を吐き出したクラウスは、息を整えながら、ちゅっちゅっと音をさせて何度もアイルに口づけた。

アイルの体内に欲望をすべて吐き出すまで、クラウスは二、三度出し入れを繰り返す。

その度にアイルの体がびくびくと跳ねた。膣内の締め付けも増し、その感覚を楽しむようにクラウスは体を押しつける。

「……アイル」

まだ尽きない欲望を持て余し、もう一度してもいいかと訊くためにアイルの顔を覗き込むと、彼女は目を閉じてぐったりとしていた。

どうやら気を失ってしまったらしい。

残念に思いながらも、クラウスは自身を抜く気にはなれず、その体勢のままぎゅっとアイルを抱き締めた。

❀❀❀

下半身に違和感を覚えて、アイルの意識は急浮上した。

重い瞼を持ち上げると、目の前にクラウスの顔がある。

「クラウス様……？」

ぼんやりとしたままクラウスを見ると、彼はにっこりと微笑んだ。途端に、快感が背筋を走り抜けてびくりと体が跳ねる。

一気に意識が覚醒し、アイルは今の状況を理解した。

気を失っていたのは少しの間だったのか、木に背をもたれた体勢は変わっていない。しかも、精液を吐き出したはずのクラウスの分身はまったく力をなくしていない上、まだアイルの中に入ったままなのだ。

「もう一回してもいいかな？」

悪びれた様子もなく、クラウスはそんなことを言う。訊きながらも腰は小さく動いているので、アイルが断るとは思っていないのだろう。

体がだるいので少し休ませて欲しい。そう思ったアイルは、どうにかクラウスの意識を逸らすことはできないかと考えた。そして自身の下半身へ視線を向ける。

「……あの、クラウス様」

「何？」

微笑みを崩さないクラウスに、アイルはふと気になったことを訊いた。

「中に出さないという選択肢はないんですか？」

最初からクラウスは膣内に精液を出していた。

それが今更ながらに気になったアイルはクラウスに違う選択肢はないのかと訊いたのだ。

すると彼は、初めてアイルを犯した時と同じような仄暗い双眸を向けてきた。

「俺たちの子供は、きっとものすごい美形でかわいいと思う。楽しみだな」

突然そんなことを言い出したクラウスに、アイルは戸惑う。

子供ができる行為ではあるけれど、気持ちの整理が追いついておらずそれを具体的に考えてはいなかった。それに、クラウスがそれを楽しみにしているなんて、今初めて知った。

「子供が欲しいのですか？」

問うと、彼はにっこりと微笑む。

「欲しいよ。そうすればアイルはもうどこにも逃げられないだろう？」

軽い口調なのに、目が怖いくらいに真剣だ。

アイルは大きく目を見開き、思わず背を反らしてクラウスから距離をとってしまった。下半身は繋がったままなのでその距離は僅かなものであったが、クラウスはそれすら気に食わないというように、強引にアイルの体を抱き寄せる。

「俺から離れるな、アイル」

懇願するような声に、アイルは反射的に頷いた。

もう離れるつもりはないし、クラウスにこれ以上迷惑をかけたくないと思っている。クラウスは、史上最短での宰相の座を諦めてまでアイルを選んでくれた。だからアイルも、彼のその真剣な気持ちに応えたいのだ。

「私はずっとクラウス様と一緒にいます」

言ってクラウスに抱き着くと、彼はほっと息を吐き出した。

「良かった」

クラウスはアイルと目を合わせると、嬉しそうに微笑んだ。その瞳にはもう仄暗さはない。

そして彼は、アイルを木にもたれかけさせ、なぜか突然上着を脱ぎ出した。それを花畑の上に放ると、アイルの腰をしっかりと摑んで抱き上げる。

その振動で、中に入ったままのクラウスの猛りがアイルの内壁を擦った。

「……んっ……」

体が震え、熱い息が漏れる。

硬さを保ったままのクラウスのものに気をとられている間に、アイルの体は彼の上着の上に横たえられた。

視界には、クラウスの整った顔と星が出始めた薄暗い空がある。花の香りが鼻腔をくすぐり、アイルはやっと自分の状況を把握した。

「ここで、ですか？」

恐る恐る問いかけると、クラウスは片眉を上げて笑う。

「今更？」

先ほど立ったままでしてしまったので確かに今更だが、こんなふうに花に埋もれながらすることになるとは思っていなかったのだ。

ここはアイルがよく兄と訪れていた思い出の場所でもある。そんな場所でクラウスとこうして抱き合っていると、なんだかいたたまれないような気持ちになった。

「もう我慢の限界」

そう言うと、唐突にクラウスは腰を動かし始めた。やっと静まってきた体の熱が、その動きで再び一気に上昇する。

深く浅く出し入れをされ、膣内が彼を放すまいと蠕動《ぜんどう》するのが分かった。クラウスが出した白濁なのか、アイルの愛液なのか、ぐちゅぐちゅという水音とともに秘部から何か溢れ出し、臀部へと伝い落ちた。

「あ、ぁあ…ん……っ…！」

余裕のない動きで奥を突かれ、脳天を突き抜ける快感が絶え間なく全身を支配する。クラウスの動きに合わせて揺れる胸を、彼の大きな手が掴んだ。そして敏感になっている乳首をきゅっと摘む。

「…やっ……んんっ…あ、ぃ……」

もはや声を抑えることはできなかった。クラウスの与えてくれる快感が、アイルのすべてを奪い去る。

クラウスは上半身を起こすと、乳首を指の腹で押し潰しながら腰を突き入れた。挿入の角度が変わり、アイルの感じる部分を猛りが何度も往復する。

「あぁぁ…！　や、そこ……だめぇ……！」

怖いくらいの快感が湧き上がってきて、アイルはクラウスに手を伸ばした。するとクラウスは、指を絡めるようにしてその手をとる。

「ここ、そんなに気持ち良い？　すごい締まる」

駄目だと言っているのに、クラウスは微笑みながら感じる箇所を集中的に擦ってきた。がくがくと足が痙攣し、痛くなるほどに下腹部に力が入っている。

「俺も気持ち良いよ、アイル」

熱い息を吐きながら、クラウスが言った。

クラウスも気持ち良くなっているのだと思ったら、ますますそこに意識が集中してしまう。

彼の猛りの大きさが分かるほどに、アイルの膣内は敏感になっていた。抜き差しされる度に愛液が外へと吐き出され、分泌が追いつかなくなる。すると余計に、擦られる感覚が明確になっていくのだ。

「…ぁあん、ん、クラウス、様…ぁ……！」

これ以上はないと思っていたのに、クラウスが内壁を擦る度にその上をいく快感が襲ってくる。強くなる一方の快感に、アイルは涙を流した。

すると、クラウスの唇がその涙を吸い取った。彼はそのままアイルに口づけると、よりいっそう腰の動きを速くする。

「……は……っ……アイル……！」

息を荒げ、クラウスが眉間に皺を寄せた。

「んんんっ……！」

強過ぎる快感に頭が真っ白になったアイルは、クラウスの手を力の限り握り締め、足先をぴんと伸ばす。

頭の中で何かが弾けた。同時に全身が硬直し、体ごと浮き上がってしまいそうな不思議な感覚が襲ってくる。

そしてその直後、膣内に熱いものが広がるのを感じ、アイルは無意識に笑みを浮かべながら目を閉じた。

第六章

花畑でアイルを抱いた後、クラウスは自分の屋敷に彼女を連れ帰った。

途中、まだ街中をフラフラとしていたヒューに会ったが、彼は何も言わずに、笑顔でクラウスの背中を叩いて帰って行った。

彼は、ずっとクラウスたちの心配をしてくれていたのだ。だから帰らずに街をうろうろとしていたのだろう。それが分かったので、多大な感謝の意を込めて、後日たっぷりと酒を奢ってやった。

そしてクラウスは、アーヴェルへの宣言どおり、アイルをビオルカーティ家には帰さずにずっと自分の傍にいてもらっていた。

その代わりというわけではないが、アイルの望みどおり、アーヴェルの治療費を出している。最初からそのつもりだったし、アイルが自分のものでいてくれるなら安いものだ。

だがしかし、結婚となるとやはり両家の両親への挨拶はしておかなければならないだろう。

気が重かったが、クラウスはアイルを連れて彼女の実家へと向かった。

初めて敷地に足を踏み入れたクラウスは、顔には穏やかな笑みを浮かべながら、内心飛び上がるほど驚いた。ビオルカーティ家は、門を抜けるとすぐに畑があり、そこでアイルの母親が土で汚れた服を着て畑を耕していたからだ。

「あの野菜が家族の栄養源です」

目を細めて畑と母親を見つめるアイルは、懐かしそうであり、なぜか寂しそうでもあった。

二人で凝視していたせいか、アイルの母親がクラウスたちに気づいた。目が合うと彼女は、アイルに似たその端正な顔に苦々しい表情を浮かべ、両手を叩いて土を払いながらこちらに近づいて来た。

「これはどうも、クラウス様。アーヴェルを助けてくださっていること、深く感謝しております。それで、何の用かしら？」

感謝をしていると言いながら、迷惑そうな顔をしている。今日は婚約の報告に行くと事前に知らせていたはずだ。しかし彼女は、そんなことは聞いていないとばかりに、早く帰って欲しそうな素振りを見せる。

母親の露骨な態度に、アイルは申し訳なさそうな顔でクラウスを見た。クラウスはアイルを安心させるために指を絡ませて強く手を握り、にっこりと笑みを浮かべる。

「今日は、アイルと婚約したことの報告に参りました」

承諾をいただきたくて、と言わなかったのは、ささやかな反抗だ。もし、クラウスのことが嫌いらしい母親が反対をしたとしてもアイルを手放す気はないのだから、事後報告でいいだろう。

それと、彼女にはどうしても言っておきたいことがあった。クラウスは母親を真っ直ぐに見つめ、笑みを深くする。

「あなたが父に振られた腹いせのために私を利用としようとしているのは構いません。でも、アイルを道具のように使うのは今後一切許しません」

きっぱりと言い放つと、彼女は眉間に皺を寄せてクラウスを睨んだ。

「あなたの父親に振られたことなんてどうでもいいの。私を惑わしたあの男に似ているあなたが気に食わないだけよ。それにこの子は私の娘よ。どう扱おうが私の勝手じゃない」

「アイルは私の愛する女性です。これ以上あなたに利用させたりしない」

間髪容れずに言い返したクラウスに、母親は一瞬呆然とした後、ふんっとそっぽを向いた。

「アイル、あなたはもうビオルカーティ家の人間ではないわ。そこの顔だけの男のところに行きたければ好きにしなさい」

誰とも視線を合わせずにそう言った母親は、素早く踵を返して玄関へと足を進める。

「お母様……」

「帰って来ては駄目よ」

アイルが追い縋ろうとすると、彼女は一旦立ち止まり、くるりと振り返って厳しい口調で告げた。そしてさっさと玄関の中に入って行ってしまう。

「はい……」

律儀に返事をして落ち込むアイルを、クラウスはそっと抱き締め、彼女の赤茶色の髪の毛を撫でる。

アイルが自分のこと以外で落ち込むのは、とても腹立たしい。あんなひどい母親のことなんて早く忘れて、クラウスのことだけ考えればいいのだ。

そう思いながら、アイルを抱き締める腕に力を込める。

するとその時、畑の奥からアーヴェルが姿を現した。どうやら彼は今の会話を聞いていたらしく、屋敷内に消えた母親に、仕方ないな…と呟く。

「母さんは、別れたら承知しないぞと言っているんだよ」

アーヴェルの言葉に、アイルは怪訝そうな顔をする。

「アイルの幸せを願っていると正直に言えばいいのに、それが言えないんだ。ほら、母さんて素直じゃないから」

笑って母親の本音を暴露するアーヴェルは、以前会った時よりも血色がよく元気そうだ。治療のおかげで調子がよくなっているのか、その笑顔には力が漲《みなぎ》っていた。

「そんなのはどうでもいいけど、アイルを傷つけたのは許せませんね。やはり二度とこちらには来ないほうがいいようだ」

怒りを抑え切れず、クラウスは八つ当たりのようにアーヴェルに強い眼差しを向ける。すると彼は、苦笑しながらアイルとクラウスを交互に見た。

「しばらくは来ないほうがいいかもね。結婚なら好きにすればいいよ。母さんが許したなら、父さんも同じ意見になるし。うち、母さんが一番権力を持っているんだ」

「よし。それならもうここに用はない。帰ろう、アイル」

言質をとったクラウスは、アイルの肩を抱いて早々にビオルカーティ家を後にした。

本当は父親にも挨拶をしようと思っていたのだが、母親のあの様子では、父親には会わせてもらえそうにないし、まともな話し合いになるとは思えない。後日あらためて一人で報告しに行こう。

後ろから寂しそうなアーヴェルの声が聞こえたが、彼女を独り占めしたいクラウスはそれを聞かなかったことにし、足早にその場を去った。

アイルの帰る場所は、クラウスのもとだ。

だからアイルとともに、二人で暮らす屋敷へと帰るのだ。

クラウスの両親にはすでに挨拶を済ませていたため、これでもう煩わしいことはない。

クラウスの心は薔薇色に染まっていた。

自室に戻り、並んでソファーに座ると、さっそくクラウスはアイルを抱き締めるために腕を伸ばした。しかしアイルは、何かに気づいたように身を屈め、クラウスの腕からするりと逃れてしまう。

不満に思いながらアイルを見ると、彼女はテーブルの上にあった一輪の花を大事そうに手に取るところだった。

それはオリヴィアが摘んでクラウスに手渡した白い花だ。

あの日、花畑からアイルを連れ帰ると、彼女はクラウスが棚の上に放置していたその花を発見し、なぜか嬉しそうに微笑んだのだ。

それからアイルは、乾燥して黄ばんでしまっても、その花を大事にしていた。

「捨てないのか？　それ」

自分が贈ったわけではないものを大事にされるのは面白くない。クラウスは、お世辞にも綺麗だとは言えない枯れた花を見下ろして眉を顰めた。

するとアイルは、小首を傾げてクラウスを見る。

「この花は、オリヴィア様がくれたものなのですよね？」

「ああ。道端に咲いていた花を渡された」

どうしてそれを渡されたのか、クラウスは未だに分からない。けれどアイルは理由を知っているようだった。自分の髪に手を差し入れ、彼女は言う。

「気づきませんでしたか？　これ、この髪飾りと同じ花なんですよ」

アイルは髪飾りがクラウスに見えるように顔を傾けた。

言われて、クラウスは髪飾りと花を見比べる。しかし、精巧な細工の花と枯れた花はどう見ても同じものとは思えなかった。

「これが同じ花？　本当に？」

「はい。オリヴィア様はきっと、私とクラウス様の関係を知っていたのです。だから、この髪飾りと同じ花をクラウス様に渡したんだと思います」

アイルの言葉に、クラウスは感嘆の声を上げる。

「そうか。あの時俺はオリヴィア様に試されていたのか……」

クラウスはやっと、あの時のオリヴィアの行動を理解した。

オリヴィアとアイル兄妹は友人だと言っていた。アイルは彼女にクラウスのことを話していなかったようだが、最近アイルがつけ始めた髪飾りの贈り主が誰か、彼女は気づいていたのだ。

あの時クラウスは、オリヴィアはおとなしいだけの女性ではないと思ったが、今この瞬間、優秀な宰相の娘という立場に恥じない人物だと再認識した。

あの後、オリヴィアと結婚することはできないと頭を下げたクラウスに、宰相は、

「何よりも大事なのは人を想う気持ち、かもしれないね。非常に残念だけど、君にもオリヴィアにも幸せになってもらいたいと、心から思っているよ」

とあっさりと許してくれたのだ。きっとオリヴィアも自分の想い人のことを宰相に言うことができたのだろう。そして宰相もそれに反対はしなかった。彼の言葉からそう推測される。

まるで霧が晴れたかのようにすっきりとした気分だった。クラウスは、穏やかな表情で自分を見つめているアイルに、わざと紳士的な笑顔を向ける。

「アイルは、この髪飾りと同じ花だからこれを大事にしているんだよね」

問うと、アイルは素直に頷いた。

枯れた花を捨てようとしない理由はそれだったのだ。そうだと分かったら、他の人間が贈ったものでもまあいいか、という気になった。

クラウスは上機嫌でアイルの手を取った。そして指先にキスを落とす。

「俺には、一生アイルが必要だ」

そう言って最高の笑みを浮かべ、アイルの瞳を覗き込んだ。

しかし、ここは頬を赤らめるところであるはずなのに、アイルの顔には照れなど一切なく、若干引いているような表情でクラウスを見つめていた。

「クラウス様は、どうしてこう……気障《きざ》なんですか。あと、その胡散《うさん》臭い笑顔はいらないです」

結婚を控えている恋人同士なのに、どうやらまだまだ甘い雰囲気には程遠いらしい。

そのことに多少落ち込みながらも、クラウスは笑う。

想いが通じ合ったといっても、やはりアイルはアイルだ。

お互いにおかしくなってしまったあの時の、クラウスに従順なだけの彼女ではないことがこんなに嬉しいと思うのは、実は自分は彼女に冷たくされることが好きなのだろうか。

それは新しい発見だ。

そんな自分も結構好きだと思ってしまうのは、クラウスの何もかもがすでにアイル一色に染められているからかもしれない。

「こんな俺は嫌？」

窺うようにアイルを見る。すると彼女は、いいえ、と首を振った。

「嫌じゃないです。ただ……慣れないだけで」

「じゃあ、これから慣れてもらうしかないな。俺はこの先ずっとアイルをお姫様扱いしたいんだ」

「……はい。頑張ります」

僅かに嫌そうな顔をしながらもアイルはうなずく。その髪で揺れる髪飾りにクラウスは口づけた。アイルは毎日、クラウスが贈ったこの髪飾りをつけてくれていた。鈍ることのない輝きから大切に扱ってくれているのが分かる。

「大丈夫。先は長いんだから、老衰で天寿を全うするまでに慣れてくれればいいよ」

気の長い話ではあるが、それだけ一緒にいるのだとクラウスは信じていた。だから、時間をかけて徐々に慣れてもらえばいい。

クラウスは、甘い雰囲気をことごとく壊し、それでもひたむきに想いを向けてくれるアイルが愛しいと思った。

これからもずっと、クラウスがアイルを必要とするように、彼女もクラウスを必要とし

てくれればいい。

そうやって二人で年をとっていくのだ。

もしアイルがクラウスから離れようとしたら、その時はまたどす黒い自分が出てきてしまうかもしれない。そうなったらアイルを繋ぎ止めるために、彼女にまたひどいことをしてしまうのだろう。あの気持ちを知ってしまったクラウスは知らなかった頃には戻れない。

けれどそれはアイルには言うつもりはない。

この先、彼女がクラウスから離れなければいいだけの話だからだ。

そしてお互いに誰よりも何よりも大事な存在として、ゆっくりと前に進んでいければ最高に幸せだと思う。

もちろん、そう遠くない未来にはクラウスは宰相、アイルは宰相夫人となっているだろう。

クラウスには、この国をよりよくするという志がある。だから、ヒンシェルウッド侯爵の後には自分が宰相に就き国を変えるのだ。それを実現できるという自信がクラウスにはあった。

しかし、宰相になりいくら忙しくなっても、クラウスはアイルのために毎日この屋敷に帰って来ると決めている。

もうアイルに寂しい顔はさせない。

そんな願いを込めて、クラウスはアイルを抱き締め、何か言いたそうなその唇をそっと塞いだ。

愛しいと思う気持ちに上限はないのか、クラウスはアイルが呆れるような目を向けるまで、ずっと彼女にキスをし続けたのだった。

あとがき

こんにちは、水月青《みづきあお》と申します。この度は、『君と初めて恋をする』をお手に取っていただき、誠にありがとうございます。

今回はどうしてもコメディが書きたいとお願いをして書かせていただきました。私のわがままです。

前回のような真面目なお話を期待して手に取ってくださった方がいらっしゃいましたら大変申し訳ありません。

どうしても書きたかったのです。打ちひしがれるヒーローが！

そんなヒーローでもいいとオッケーをいただいたので、調子にのって好きなものを詰め込みました。

いい男のはずなのにどこか残念なヒーローとドライなヒロインのお話です。ヒーロー・クラウスが頑張れば頑張るほど、ヒロイン・アイルは引いてしまう。という関係性です。しかもクラウスは、アイルのつれない態度にすら喜びを覚えていくという非常に残念な人です。

こう書くとクラウスがとても駄目人間に思えますが、彼はアイルが絡まなければ優秀な人格者です。……きっと。

そんなわけでヒーローがいろいろと残念ですが、『完璧人間と小悪魔のお話』のつもりで書きました。ドSヒーローがお好きな方には申し訳ないお話になっております。

あれでも完璧人間なのです。カッコイイ部分はあまり出てきませんが、将来有望な美男子です。モテモテヒーローなのですよ。無理やりそう思い込んでもう一度読み返していただくと、クラウスの残念……容姿端麗で頭脳明晰な部分が際立つと思います。鼻で笑ってください。

コメディと言いつつ、後半は鬱々《うつうつ》としたシーンが多めではありますが、通常のクラウスの鬱陶《うっとう》しさを存分に感じていただければ幸いです。

そして今回も、芒其之一《すすきそのいち》様にイラストを描いていただきました。

表紙のクラウスの表情が絶妙で、表紙に内容がぎゅっと凝縮されているんですよ！　素晴らしいです！

芒様が私の脳内イメージを見事にキャッチしてくださいまして、今回も想像どおりのキャラを描いてくださいました。

前回も思ったのですが、芒様はきっと私の脳内が透視できるのです。だからこんなにも想像どおりのイラストを描いてくださるのです。……ちょっとだけ本気でそう思いました。妄想です。すみませんでした。

クラウスの微妙な残念さと、アイルがクラウスを見る時の冷めた目が好き過ぎます。ラフをいただいてからは、それを見てニヤニヤしながら書いておりました。イラストを見ていると、クラウスが勝手に見栄を張って自爆する様が浮かんで、自然と筆が進むのです。そのおかげで最後まで書き切ることができました。ありがとうございました！

芒様には大変お世話になりました。今回もご一緒できてとても嬉しいです。お忙しいのに引き受けてくださってありがとうございます。それなのに、いろいろあってものすごくご迷惑をおかけしてしまいました。本当に申し訳ありませんでした。芒様の寛大さに心から感謝しております。

そして担当編集のY様。いつも多大なご迷惑をおかけして申し訳ありません。今回は病みが少ない話なのに、快く『いいですよ』と言ってくださってありがとうございます。『ソーニャ文庫なのにコメディで大丈夫ですか？』と何度も確認する私に、その度に『大丈夫ですよ！』と力強く頷いてくださいましたね。嬉しい言葉で励ましてくださいましたね。

打ちひしがれるヒーローですが、本当にいいのでしょうか？　寛容過ぎますよ。考え直したほうがいいと思います！

そういえば、Y様のアドバイスどおり、子供のように純粋な気持ちで七夕の短冊に大きな字で夢を書きました。ちょっとした羞恥プレイでしたが、強く強く願いを込めたのできっと叶いますよね。

KMM様。いつも支えてもらってばかりで申し訳ないです。ありがとうございます。今後ともどうぞよろしくお願い致します。

最後に、この本を手にとってくださった皆様。

芒様のイラストに惹かれて手にとったら、残念なヒーローの話だったと嘆いている方。

……申し訳ありません。

ソーニャ文庫だからドSヒーローを期待した方。

……申し訳ありません。

自意識過剰で自分が一番いい男だと思っているクラウスですが、アイルに対する想いは誰にも負けません。その一途な想いのせいでブラックな面が出てしまいましたが……あ、ここが貴重な鬼畜ヒーロー部分です！　クラウスにもヒーローらしい部分がありましたね！

そんなクラウスの残念だけど幸せな変化をお楽しみいただけましたでしょうか？

お手にとってくださったことに心から感謝申し上げます。ありがとうございます！

水月青

Sonya
ソーニャ文庫

この本を読んでのご意見・ご感想をお待ちしております。

◆ あて先 ◆

〒101-0051
東京都千代田区神田神保町2-4-7 久月神田ビル7階
(株)イースト・プレス　ソーニャ文庫編集部
水月青先生／芒其之一先生

君《きみ》と初《はじ》めて恋《こい》をする

2013年8月6日　第1刷発行

著　者　水月青《みづきあお》
イラスト　芒 其之一《すすき そ のいち》

装　丁　imagejack.inc
DTP　松井和彌
編　集　安本千恵子
営　業　雨宮吉雄、明田陽子
発行人　堅田浩二
発行所　株式会社イースト・プレス
〒101-0051
東京都千代田区神田神保町2-4-7 久月神田ビル8階
TEL 03-5213-4700　　FAX 03-5213-4701
印刷所　中央精版印刷株式会社

ISBN 978-4-7816-9511-2